*El perro del hortelano*

Letras Hispánicas

Lope de Vega

# *El perro del hortelano*

Edición de Mauro Armiño

DECIMOCUARTA EDICIÓN

CÁTEDRA

LETRAS HISPÁNICAS

1.ª edición, 1996
14.ª edición, 2010

Documentación gráfica: Fernando Muñoz

Ilustración de cubierta: Fotograma de la película
*El perro del hortelano*, dirigida por Pilar Miró

© De la introducción y notas, Mauro Armiño
Ediciones Cátedra (Grupo Anaya, S. A.), 1996, 2010
Juan Ignacio Luca de Tena, 15. 28027 Madrid
Depósito legal: B. 44.316-2010
I.S.B.N.: 978-84-376-1476-2
*Printed in Spain*
Impreso en Novoprint (Barcelona)

# Índice

INTRODUCCIÓN ............................................... 9

Fecha de composición y contexto ................. 11
Fuentes .................................................. 17
Contenido ............................................... 19
La representación ...................................... 28
Análisis métrico de *El perro del hortelano* ........... 32

ESTA EDICIÓN ................................................ 35

BIBLIOGRAFÍA ............................................... 37

COMEDIA FAMOSA DEL PERRO DEL HORTELANO

Acto primero ........................................... 43
Acto segundo ........................................... 93
Acto tercero ............................................ 141

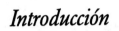

*Introducción*

Lope de Vega.

De las poco más de trescientas comedias que hoy pueden adjudicarse, sin dudas razonables, a Lope de Vega, hay un grupo bastante amplio puesto por la crítica literaria bajo la advocación demasiado genérica, pero eficaz, de comedias costumbristas, en las que el dramaturgo enreda personajes en una anécdota de consistencia leve; le basta, sin embargo, para esbozar unos caracteres trazados a partir de la observación del mundo y de las relaciones personales del autor.

Pérez de Montalbán propuso en el siglo la cifra de mil ochocientas comedias (con cuatrocientos autos incluidos) como la de la producción total lopeveguesca, pero el tiempo, y análisis más ajustados en número, habían ido reduciendo esa cifra a poco menos de la mitad. En su excelente, y útil por mucho tiempo todavía, *Cronología de las comedias de Lope de Vega*, S. Griswold Morley y Courtney Bruerton, partiendo de estudios de la versificación lopesca en comedias de paternidad no ensombrecida por ninguna duda, adjudicaron el marchamo de autoría indiscutible a trescientas dieciséis comedias, a más de otras veintisiete cuya autenticidad es probable.

Aun rebajada de esta forma, es una cantidad pasmosa que suele subrayarse mediante comparaciones poco pertinentes. Si ese parangón se atiene, única y exclusivamente, al guarismo de los títulos y los versos dramáticos, resulta evidente que frente a las ochocientas piezas que Lope de Vega pudo escribir, según se supone con fundamento, la producción de las dos figuras indiscutiblemente mayores del teatro europeo del siglo XVII, Shakespeare y Molière, con poco más de treinta piezas cada uno, resulta escasa; el español hizo un descomu-

11

nal despliegue de facultades casi inhumanas. Añádanse, además, los autos y otras piezas de menor calado, una ingente cantidad de poemas y la abundante prosa que pueden encabezar textos narrativos como *La Dorotea* o las *Novelas a Marcia Leonarda*, y tendremos una facilidad de escritura creativa no superada, prácticamente, por nadie en la literatura universal.

Además de las que se hayan perdido, puede haber otro número indeterminado de comedias lopeveguescas que, dadas las manipulaciones y cambios que sufrían los textos a partir del instante en que el autor los ponía en manos de los cómicos, no resulta reconocible; cuando Lope o cualquier otro dramaturgo vendía su pieza, ésta pasaba a propiedad absoluta de los *auctores* o directores de compañía; y por el propio Lope sabemos, en la *Dedicatoria* que escribe al duque de Sessa cuando en 1617 se decide a intervenir por primera vez de forma directa en la *Parte IX* de sus obras, que hasta ese momento se venían publicando de tal modo que «era imposible llamarlas mías».

No acomete Lope de Vega esa intervención personal en sus escritos guiado por ningún prurito de autor; en la época, los escritores ponían en la poesía sobre todo, y en la novela en segundo lugar, su porvenir de gloria, y el teatro, como el mismo Lope declara en la *Dedicatoria* citada, estaba hecho para ser representado, no para la publicación. Era, desde luego, gran satisfacción publicarlas, dada la popularidad que cómicos y público dispensaba a sus comedias; pero, además, en ese pasaje de la ajetreada vida lopesca, convenía al poeta poner las cosas en «su» sitio, en el nuevo lugar que ahora exigía su condición de sacerdote desde 1614. Porque el rumor público que lo exaltaba hasta las nubes como insuperable autor de comedias, no dejaba de hacerse eco de la mala fama de vida que también le acompañaba.

Y no eran rumores de antaño sobre episodios de otros tiempos: años de ataques habían culminado en 1617 en la aparición de un libelo, la *Spongia*, de Pedro Torres Rámila, justo en el momento en que las rencillas literarias y la difusión y polémica del culteranismo exigían que Lope se cuidase personalmente de apuntalar, cuando menos, su prestigio

12

literario; el personal y moral resultaban más difíciles de restablecer a ojos de la época, que veían al ahora sacerdote Lope de Vega proseguir con su vida tumultuosa, amancebado como estaba desde 1616, pese a la siempre presente comezón de los remordimientos, con la bellísima Marta de Nevares —sus ojos verdes son, gracias al poeta, los más bellos de la literatura española—, con quien ha tenido una hija y que, a la muerte de su marido, se instala en la casa que Lope y sus vástagos de otras relaciones —Camila Lucinda, Marcela y Lope Félix— ocupaban en la calle madrileña de Francos.

*Comedia famosa del Perro del hortelano* abre (fol. 1-27) la *Onzena parte de las comedias de Lope de Vega Carpio,* editada en Madrid en 1618, al cuidado personal, si hemos de creer las intenciones que declara en esa *Dedicatoria*, de Lope de Vega, y de acuerdo con los originales; que la edición fue revisada por alguien meticuloso e interesado lo pone de manifiesto la fe de erratas que antecede en los preliminares a los textos de las comedias, y que indica el cotejo con un manuscrito o copia de la pieza. Pero nada sabemos de forma documental sobre la persona que se encargó de la tarea, pareciendo poco probable que fuera el autor.

Como de *El perro del hortelano* no existe autógrafo ni copia de esos años —los manuscritos, en las comedias que así se han conservado, ofrecen textos notablemente superiores a los impresos en las *Partes*— hay que remitirse a esa edición y a otra posterior, aunque del mismo año, editada en Barcelona (identificaremos ambas siguiendo la forma ya admitida de M y B, por la inicial de la ciudad de impresión), con el título de *Doce comedias de Lope de Vega Carpio... Onzena parte,* con variantes y errores que demuestran su dependencia de la príncipe.

Si el texto sólo plantea problemas menores gracias a esas dos ediciones y al trabajo filológico[1] de depuración de variantes, errores y erratas manifiestos, más complicada resulta

---

[1] Véanse las ediciones más recientes de *El perro del hortelano* en el apartado bibliográfico.

su datación exacta. Gracias a la citada obra de Morley y Bruerton, los análisis de la versificación lopeveguesca sitúan *El perro del hortelano* en el periodo de 1611-1618. Si la última cifra viene dada por la fecha de publicación, precisar la data primera, la de escritura, plantea mayores vacilaciones. Varios versos de *El perro* parodian y parecen burla —uno de los pretendientes nobles, el marqués Ricardo, se ridiculiza a sí mismo en escena precisamente a través del lenguaje— de la *Soledad primera* de Góngora, cuyo manuscrito había empezado a circular por Madrid —aunque de forma restringida— entre mayo y junio de 1613[2].

Tales son las dos únicas pruebas documentales para precisar el año de composición: entre mediados de esa fecha y el año de impresión, 1618, de la príncipe en la *Onzena parte*. Los análisis de versificación citados señalan la presencia de un porcentaje de versos sueltos y de romances muy superior a los habituales de Lope a partir de 1615, y coincidentes con los de otras piezas auténticas de fecha conocida en 1613, año también sugerido por W. L. Fichter «en carta particular» a Morley y Bruerton basándose en las alusiones al cultismo (I, vv. 689-736, II, 1222-1242).

No ha quedado constancia de las representaciones a que el texto pudo dar lugar entonces, aunque hemos de suponer que el libreto seguiría el camino usual de la producción lopesca, en esos años en que su popularidad estaba ya consagrada y los *auctores* le quitaban las comedias de las manos: la subida a las tablas nada más ser escrita y entregada a los cómicos. El adjetivo del encabezamiento *Comedia famosa*, en nada aludía a la fama pública que pudiera acompañar a la representación de la pieza; era común a las obras publicadas y carece de cualquier valor específico.

Podemos admitir, por tanto, con muchas probabilidades esa fecha sin tener que recurrir a otras justificaciones de tipo biográfico más evanescentes. En el periodo inmediato, Lope se había instalado en 1610 con su familia legítima en la calle de Francos, y es entonces, en esa etapa de aparente tranquilidad vital, cuando escribe varias de las comedias para las que

---

[2] M. Artigas, *Don Luis de Góngora y Argote*, Madrid, 1925.

Zamora Vicente encontró el calificativo de «densas», como *La dama boba, El acero de Madrid* y *El perro del hortelano,* además de algunas de sus piezas mayores que no pertenecen al género de comedia, como *Fuente Ovejuna* (datada por la crítica más rigurosa a finales de 1612 como fecha más probable).

David Kossoff, editor de la comedia, ha relacionado precisamente pasajes y personajes de *El perro del hortelano* con ese período concreto (1613) de la vida de Lope, quien pronto vio interrumpida la etapa de sosiego iniciada en 1610 con su mudanza a la calle de Francos: en otoño de 1612 muere su hijo más querido, Carlos Félix, y en agosto del año siguiente la madre de éste, Juana de Guardo, esposa legal del dramaturgo. De la crisis espiritual que tales muertes provocan en Lope —que acababa de cumplir cincuenta y un años— parece derivar un cambio de estado: antes de junio de 1614 recibió el sacerdocio en Toledo[3], aunque no por ello abandonase sus habituales usos amorosos, y a pesar de que, disfrazado de Belardo, diga en *Peribáñez y el comendador de Ocaña* que «el gusto se acabó ya»[4]. La cómica Jerónima de Burgos no había tardado en llenar el vacío dejado por la muerte de Juana de Guardo en la vida emocional del poeta.

De ahí a pensar que este contexto es fuente para *El perro del hortelano* supone un salto en el vacío que Kossoff da como hipótesis. Consciente de la peligrosa tarea de asentar las obras literarias sobre las huellas biográficas de un autor, Kossoff señala también el riesgo contrario, el rechazo absoluto a toda referencia y su negación. Ve Kossoff en *El perro* todo un conjunto de coincidencias, empezando por la condición de secretario que Lope de Vega, de bajo nacimiento, había desempeñado en múltiples ocasiones y en parte desempeñaba todavía al lado de un noble, el duque de Sessa[5]; y siguiendo

---

[3] Casimiro Morcillo, *Lope de Vega, sacerdote,* Madrid, 1934.

[4] Belardo: «Cayó un año mucha nieve, / y como lo rucio vi, / a la iglesia me acogí» (vv. 2342-2344); no parece, sin embargo, que aluda Belardo a la ordenación de su *alter ego,* pues la fecha más probable de *Peribáñez* es la de 1610.

[5] A lo largo de su vida lo fue de los marqueses de Navas y Maplica, del también duque de Alba, del conde de Lemos, sin olvidarnos de algún alto eclesiástico como el obispo de Ávila, Jerónimo Manrique.

por la igualdad anímica que Kossoff quiere suponer entre el Lope que acaba de perder a uno de sus hijos predilectos, Carlos Félix, y a su esposa, y el viejo Ludovico; éste, encarnación del viejo crédulo y necio que el teatro arrastraba entre sus tipos desde Plauto por lo menos, «recupera» un hijo que hace veinte años le fuera robado, siendo niño de corta edad, y no deja de recordar a su esposa, «¡Ay, si viviera su difunta madre!» (v. 3096).

Estas correlaciones no sólo hacen pensar a Kossoff que la fecha de 1613 —es decir, poco después de la muerte de Carlos Félix y de Juana de Guardo— es la más adecuada para situar la escritura de la pieza, sino que le permiten aventurar conjeturas: «Es punto menos que inconcebible que Lope pudiera escribir sobre la pérdida de un hijo y acerca de la difunta mujer en una comedia, sin pensar en su propio hijo y su propia mujer, tan cercana a la muerte de los dos». Llega Kossoff a más: «Si el niño perdido nos recuerda a Carlos Félix, ¿es Ludovico el equivalente de Lope? Recuérdese que, disfrazado de Belardo, Lope hacía el papel del vejete en *Peribáñez*, escrita por los mismos años»[6].

Parecen poco consistentes las conjeturas de Kossoff en este punto de las trazas biográficas de Lope y su correlación con *El perro:* el indudable dolor por la pérdida de Carlos Félix no resulta determinante: 1º) porque pudo seguir vivo ese sufrimiento en fechas posteriores; y 2º) porque la nostalgia del hijo desaparecido a temprana edad no es en la comedia otra cosa que un *topos* frecuente que precede a la anagnórisis en escenas semejantes, acompañado también por el dolor del cónyuge desaparecido. Además, por mucho que llorara a la «difunta madre», Lope no tardó en consolarse fácilmente de la pérdida de Juana de Guardo, a la que en vida olvidaba con

---

[6] A. David Kossoff, *El perro del hortelano - El castigo sin venganza,* Madrid, 1970; edición de 1993, pág. 25. Como señalo en nota anterior, la crítica ha adelantado la fecha de escritura de *Peribáñez* varios años (1610), interpretando el verso 2344, no como alusión al ingreso en el estado sacerdotal del autor sino a su entrada en la Congregación de Esclavos del Santísimo Sacramento, ocurrida en 1609 (cfr. *Peribáñez y el comendador de Ocaña*, edición de A. Zamora Vicente, Madrid, 1987, págs. 7-14). De cualquier modo, no parece definitivamente resuelto el problema de datación de *Peribáñez*.

frecuencia en brazos de otras mujeres, y de manera especial en los de Micaela Luján, «cónyuge» a tiempo parcial —lo cual no le impediría tener varios hijos del comediógrafo— durante casi toda la duración de su matrimonio con Juana.

La comparación de Ludovico con Belardo no parece mejor asentada, porque en las palabras del vejete no hay nada que no sea tópico en el tipo del personaje, mientras la voz de los diversos Belardos que aparecen en distintas obras y poemas corresponde, sin duda ninguna y con demostración fehaciente desde Menéndez Pelayo, a nuestro autor[7].

Admitir ese fundamento biográfico sume a Kossoff en una red de interrogantes y contrasentidos que le llevan a considerar *El perro* como un poema elegíaco que Lope hace a la muerte de Carlos Félix y de Juana, utilizando la ironía y consiguiendo «(¿con amargura? ¿con desprecio?) [...] que el público se ría de lo que en el fondo no es risible»[8].

FUENTES

Fue E. Kohler en su edición de *El perro del hortelano* quien sugirió lo que puede considerarse como la fuente más cercana de Lope: una de las novelas del italiano Bandello, manantial del que sale buen número de argumentos para las obras de teatro y algunas narraciones cortas españolas de la época. Lope no se quedó atrás utilizando los esquemas bandellianos, que leyó en su idioma original y cuyas tramas argumentales aprovechó en distintas etapas de su vida[9]; por ejemplo, los que fundamentan dos de sus obras mayores, *Fuente Ovejuna*[10] y *El castigo sin venganza*, pieza de 1631, que es, sin de-

---

[7] *Obras de Lope de Vega*, ed. Acad., X, Madrid, 1889.

[8] A. D. Kossof, ed. cit., pág. 26.

[9] Se han descubierto influencias o episodios sacados de las *novelle* de Bandello en veintitantas obras de Lope de Vega.

[10] Además de la *Crónica de las tres órdenes y caballerías de Sanctiago, Calatrava y Alcántara*, de Francisco de Rades y Andrada (1572), Lope pudo encontrar en Bandello (*novella* III, 54 y *novella* III, 62) uno de los móviles claves de la acción: la irrupción de una jerarquía superior —Juan de Aragón, padre de Fernando el Católico en la primera; Enrique VIII de Inglaterra en la segun-

masiadas dudas razonables, trasunto de la I, 44 de las novelas de Bandello; la siguiente, la I, 45, es la señalada por Kohler como fuente de *El perro del hortelano*[11].

Narra ahí el italiano la historia de una reina de Hungría, por nombre Ana, que corresponde a las atenciones de un hombre de baja condición social con sentimientos de afecto, y procura su mejora y engrandecimiento cuando el enamorado es enviado por su señor a la corte española de Carlos V, con cartas de recomendación de su puño y letra al monarca.

La falta del juego de los celos y de referencias a cualquier lazo matrimonial entre la reina y su galán, así como la desemejanza de las circunstancias aledañas, hicieron negar a Kohler cualquier posibilidad de «reivindicar esa novela como fuente de *El perro del hortelano*».

Sin embargo, Kossoff vuelve sobre la novelita bandelliana para percibir semejanzas no captadas por Kohler: desde la baja extracción de los protagonistas de ambas obras, además de la referencia biográfica al propio estado de secretario que Lope desempeñó sobre todo con el de Sessa, hasta la seguridad de la lectura de Bandello por parte de Lope; primero, porque *El perro* antecede, en la edición italiana, a la que sustenta la trama de *El castigo sin venganza;* y en segundo lugar, «el tono de los versos amorosos de Amanio que emplea Bandello es semejante al de los sonetos y diálogos de amor en *El perro*»[12].

Con ser interesante la propuesta de Kossoff, el papel de fuente que le otorga no deja de ser una aproximación lejana que nos dice muy poco de la génesis de *El perro del hortelano*.

---

da— en la boda de un súbdito, encaprichamiento del monarca por la novia y «rapto» de la doncella delante de los invitados, bien para casarse con ella (III, 54), bien para sustituir al novio en la noche de bodas (III, 62). Claro que, a ese hecho, Lope aporta un tema mayor y envolvente: el enfrentamiento entre clases sociales. El rapto de la novia también constituye núcleo dramático de otras piezas lopeveguescas: desde algunas menores como *El padrino desposado* y *La quinta de Florencia* hasta las mejores: *Peribáñez* y *El mejor alcalde, el rey,* además de *Fuente Ovejuna,* que pertenecen a periodos muy distintos de la escritura dramática de Lope.

[11] *Ibíd.,* págs. 22-33.
[12] *Ibíd.*

Si parece cierto que Lope fue lector de Bandello, también lo es que la ley del refrán que titula la pieza se cumple en otros personajes y otras obras del autor de *Fuente Ovejuna*. No obstante, debe tenerse en cuenta lo explicitado por Kossoff en su edición.

## CONTENIDO

*Acto primero*. Lope abre la comedia *in medias res*, con un recurso muy socorrido en el teatro para alzar el telón: la precipitada huida de una casa protagonizada por un galán, en compañía de su criado, como aquí, o ayudado por la dama, como sucede en la primera escena de *El burlador de Sevilla*, por ejemplo. Teodoro, secretario de la condesa de Belflor, Diana, corteja a Marcela, una de las mujeres de cámara de la noble dama. Tras el alboroto de la huida, y cuando Diana, despertada por el ruido, consigue enterarse por medio de Anarda, otra mujer de su cámara, del galanteo, de que no es ella el blanco de los amores de nadie —su mayordomo advierte desde el primer momento (vv. 90-100) la «porfía» que manifiesta Diana en rechazar el amor y el matrimonio—, y de que el honor de su casa está a salvo porque no ha entrado en ella ningún caballero a favor de la noche —pues el galán pertenece a la servidumbre de la casa—, se ofrece a mediar ante su secretario en provecho de Marcela, para conseguir el fin «justo y honesto» del matrimonio.

Le basta a Diana cerrar el acuerdo con su dama de compañía para ponerse a pensar en las prendas del secretario, que, «a no ser desigual» podría satisfacer su amor:

> mas yo tengo honor
> por más tesoro;
> que los respetos de quien soy adoro
> y aun el pensarlo tengo por bajeza.

Queda así configurado el núcleo central de la comedia: el enfrentamiento entre el amor y el honor (vv. 325-338).

En el vaivén con que, de lo grave a lo cómico e incluso lo chusco, va a desarrollarse la obra, la escena siguiente está protagonizada por Tristán, criado del galán Teodoro; Tristán se empeña en dar lecciones de desamor a su amo —pensar en defectos de la amada y otros expedientes tópicos del caso—, y Teodoro en hacer protestas de amor por Marcela; ni unas ni otras servirán de nada cuando la comedia se adentre por su materia auténtica, ese enfrentamiento entre el amor y el estado social: cuando la conciencia de Teodoro apele a la justicia de sus obligaciones con Marcela, a la que va a abandonar, le bastan dos tercetos de un soneto para el razonamiento ( vv. 1181-1186), y no en trueque de sentimientos amorosos como los que demuestra en esta escena en conversación con Tristán: pasa de Marcela a Diana por ambición nada más sospechar que los ojos de la condesa están puestos en él (versos 339-510).

Tras la escena cómica, y después de que Diana sienta el aguijón de los celos y del amor, vuelve a las tablas con una estratagema: para usurpar el papel de Marcela, pide a Teodoro ayuda para el caso de una amiga, y le encarga probar fortuna con un soneto semejante al que ella ha escrito al presunto amado de la otra; en realidad, el ardid resulta explanación del proceso psicológico que la condesa ha seguido, el de «amar por ver amar» y haber nacido el amor de la envidia y los celos, dado que se sabe más hermosa que Marcela. Pese a todo, Diana sigue confesándose para sus adentros que no es amor lo que la mueve, porque se declara únicamente «celosa sin amor, aunque sintiendo; / debo de amar, pues quiero ser amada» (vv. 560-561).

Tras la explicación del embarazoso caso de la amiga, Diana se queda a solas con Tristán, al que interroga sobre las prendas y costumbres del secretario: por medio de sus cómicas respuestas, el criado distiende la gravedad de la escena anterior.

No tarda Lope en mostrar de forma fehaciente el rechazo que Diana siente por hombres, amor y matrimonio: aparece el marqués Ricardo, uno de los dos pretendientes de alcurnia, que se retrata a sí mismo, en engolados endecasílabos, de pedante y «precioso» *avant la lettre*: dado que sus ojos le certifican de la gallardía y hermosura de Diana, no pregunta por la salud de la bella, sino que exige de la dama confirmación del propio estado del marqués; éste acude a solicitar como a campo ganado, porque ya ha llegado a un acuerdo con los familiares de Diana. En la representación escénica, no sólo el estilo de lenguaje, su engolamiento y el previsible vestuario deben ridiculizarlo, sino que Lope lo ha convertido en mensajero de su burla antigongorina, mediante una parodia de la *Soledad primera*: «... a los primeros paños del aurora... /... en campañas de sol pies de madera... / ... del humano poder últimas rayas» (vv. 689-736).

En el soneto que Teodoro ha escrito a petición de Diana, el secretario justifica el «amar por ver amar» por el gran poder de Amor; pero ya va aplicando su amor a la condesa, quien le anima a servir y amar porque

> amor no es más que porfía;
> no son piedras las mujeres.

Le faltará poco a Teodoro para intuir el enredo de Diana; la presencia y las palabras de Marcela le hacen despertar del sueño por el que ya se engolfaba; promete casamiento a Marcela con la «rúbrica» de un abrazo que interrumpe Diana, fingidamente satisfecha por el desenlace de una situación que podía afrentar al honor de su casa. Pero, en nombre de ese decoro que invoca, aprovecha la presencia de ambos para decretar el encierro de la rival en un aposento.

No tarda Teodoro en deshacer la «rúbrica» de sus promesas a Marcela, presionado por Diana, que quiere saber y oír de labios del secretario lo que, en su rechazo del amor, nunca ha oído: las palabras mismas que Teodoro le decía a Marcela: la «perversión» que esa actitud supone analizada en términos freudianos tenía antecedentes, y no pocos, en el teatro[13], y el propio Teodoro la percibe como tal perversión: «Extrañamente me aprieta / vuseñoría» (vv. 1056-1057). La escena en que Diana le sonsaca hasta qué punto ha llegado

---

[13] Véase, por ejemplo, *Twelfth Night*, de W. Shakespeare.

con Marcela, qué partes le ha tocado, cómo la ha besado, no hace sino confirmar a Teodoro en lo que apenas se atrevía a pensar: que sea Diana la amiga amadora de los sonetos.

Tras la labor de demolición que la condesa hace de su rival, explicándole al galán uno por uno sus defectos, hay una significativa defensa más del amor: a la sugerencia del secretario de que, con un engaño, la dama de alto estado puede «gozar» al hombre humilde, Diana se pregunta si no sería mejor matarle y resolver así el problema. El remate de la escena es pura metáfora: cuando Diana va a salir, tropieza y cae, trasunto de la otra «caída» que está produciéndose en su resistencia, seguida por la inmediata amenaza de la mujer de la nobleza:

> ... que tengas
> secreta aquesta caída,
> si levantarte deseas.
>
> (vv. 1170-1172)

Cae el telón de la primera jornada sobre un Teodoro confuso y confundido por un lado, decidido por otro: confuso porque a la interpretación de los signos que acaba de recibir, para ser inequívocos y no propiciar un tropiezo, le falta una confesión explícita de Diana y signos no equívocos; y decidido porque, pese a lo difusas que son las señales enviadas por la condesa, se dispone a acabar con los amores de Marcela, aunque sea plenamente consciente de la injusticia de su conducta.

*Acto segundo.* Abre Lope el telón sobre una escena típica del género de capa y espada: en una calle, dos pretendientes, el conde Federico y el marqués Ricardo, aguardan la salida de la iglesia de su dama. Aprovecha la ocasión el autor de *Fuente Ovejuna* para burlarse del lenguaje barroco, poniendo ahora la parodia, no en boca del marqués, sino en la de su criado Celio, quien, acordándose del Tauro raptor de Europa de los versos iniciales de la *Soledad primera,* rehace un pasaje de Góngora: «el blanco toro / que pace campos de grana» (vv. 1225-1226).

Esa escena de apertura con los dos pretendientes presta pintoresquismo a la entrada en materia, que no es otra que mostrar a Teodoro cavilando en décimas sobre la confusión de sus amores y sobre la clave de *El perro del hortelano:* la altura a que se encuentra del objeto amado y la bajeza de la condición del galán. Embebido en su ambiciosa aspiración, y desde su «altura actual», no puede detenerse a pensar en Marcela, porque es tan pequeña ahora para la mente de Teodoro «que aun de que la ve se admira» (v. 1366). Rasga, sin leerlo, el papel que la desdeñada le ha enviado a través de Tristán; lleno de pretensiones caballerescas, no está interesado siquiera en su viejo amor por más que fracasen sus ambiciones condales, pues está dispuesto a jugarse todo a una carta: «César o nada».

Sin embargo, el encuentro que a renglón seguido mantiene con Marcela es un enfrentamiento envuelto en mentiras; Teodoro se desdice de su amor por ser «de quietud amigo» y no querer perder su condición de secretario por el alboroto que Diana está provocando so capa del decoro y el honor de su casa. Marcela sospecha la verdad y, culpando a Anarda de su desgracia por haber hecho público el galanteo contándoselo a la condesa, decide vengarse robándola el galán, el gentilhombre Fabio, al que se insinúa: Lope inicia una sub-acción en la comedia para ampliar el juego de sentimientos, trenzar el enredo con nudos más complicados y facilitar el desenlace de bodas totales.

Cuando Diana recibe la represión de Anarda por mostrarse tan desdeñosa con el amor y sus pretendientes, la condesa confiesa su amor por un hombre «que puede infamar mi honor» (v. 1627), pero se declara dispuesta a «querer no querer». Pese a ello, cuando aparece Teodoro, le pide que la ayude a elegir entre sus pretendientes: la burla de Diana, y la confusión en que cae de nuevo el secretario, concluyen de forma súbita: una frase de Teodoro hace que recaiga sobre el marqués el honor del casamiento con Diana.

Confuso, y derrumbado de la altura a que le ha encumbrado su ambicioso pensamiento, Teodoro pretende dar ahora marcha atrás y volver con «su igual», con Marcela. El encuentro es dramático y cómico: la joven está dispuesta a curar su amor fallido con otro amor advenedizo; cuando llega el momento de los reproches, la tensión se trueca en comicidad, con cambio de papeles respecto a la anterior escena de los mismos personajes. Marcela adivina que se han torcido los planes de Teodoro y que por eso vuelve «a buscar tu igual» (verso 1841).

Pese a la confesión y arrepentimiento del secretario, la joven sigue dispuesta a continuar con el plan de despecho y venganza, utilizando a Fabio contra Anarda; rechaza de nuevo a Teodoro en una tópica pelea de enamorados que ha sido comparada con la que Dorina y Valerio interpretan en el *Tartufo* molieresco[14]. Cuando Tristán se encuentra concertando a los amantes enfurruñados, les sorprende Diana, que, encendida de celos, tras haber oído toda la conversación, y para no escuchar los insultos que, contra ella, exige Marcela de labios del galán, se deja ver.

Los celos de Diana estallan en una carta que dicta al propio destinatario, Teodoro, para sumirlo en nueva confusión; el secretario, si está seguro del amor de Diana, también lo está de sus «intercadencias». Le basta, sin embargo, la esperanza para despedirse sin muchos miramientos de Marcela con una mentira que tampoco engaña a la dama joven: «Cuando te quiere me dejas, / cuando te deja me quieres» (vv. 2069-2070).

El decorado cambia para presentarnos a un marqués Ricardo que corre para agradecer su elección como esposo por parte de Diana; pero ésta se desdice del mensaje y achaca a los criados el enredo. Sola ya, un soneto juega con el amor y su sombra, los celos, capaces de hacer naufragar el honor. Mas, frente a Teodoro, que entra rendido y confeso de amor tras haber leído despacio la misiva, Diana vuelve a convertirse en hielo y a jugar con el sentido de las palabras, dejando claro sin embargo «tus méritos tan humildes». A Teodoro no le queda sino aclararle a la propia Diana los términos del juego:

---

[14] Molière, *El Tartufo o el impostor*, ed. y trad. de M. Armiño, Madrid, 1984; véase II, iv, págs. 156-162 y nota 23.

> Si cuando ve que me enfrío
> se abrasa de vivo fuego,
> y cuando ve que me abraso
> se hiela de puro hielo,

(vv. 2188-2190)

y aplicar al peregrino caso psicológico el refrán del perro que ni come ni deja comer. La amenaza de volver a los brazos de Marcela surte efecto: Diana le previene de muerte si Teodoro retorna con sus antiguos amores y le despide «por sucio y grosero» con dos bofetones que le provocan sangre. A la conclusión de que un amor desaforado roe el corazón de Diana llegan, tanto uno de los pretendientes, que aparece de improviso, como el propio abofeteado:

> Si aquesto no es amor, ¿qué nombre quieres,
> Amor, que tengan desatinos tales?

(vv. 2246-2247)

Porque, según Teodoro, los placeres pueden ser «iguales en desiguales». Aun así, el acto se cierra con un «halago» de la condesa, que viene a interesarse por la sangre que han provocado sus bofetadas, y que trata de excusar dando mil escudos al secretario para «lienzos» con los que restañar, según el criado de Teodoro, la sangre de futuros bofetones (v. 2359).

*Acto tercero.* De nuevo son los pretendientes nobles quienes abren el acto; sabedores de la escena de las bofetadas, no han tardado ambos en concluir que tales muestras de ira en Diana y el mejoramiento de galas que perciben en Teodoro no pueden ser sino consecuencias de la pasión de la condesa. De ahí que, para defender el decoro debido a su casta noble, acuerden la muerte del intruso que ha infringido las normas del código del honor y enamorado a una dama de alta alcurnia.

La búsqueda de un matón que haga el trabajo sucio y acometa la muerte por ellos los lleva a Tristán, que festeja con otros lacayos el medro de su amo. El criado de Teodoro reco-

25

noce de inmediato a los pretendientes y se finge el mejor bravucón y matahombres de todo Nápoles. Recibe, pues, un adelanto por el concertado asesinato de Teodoro, a quien corre a comunicar la traza urdida con sus rivales en amor.

Pero poco importa al galán, angustiado como está por el vaivén de la pasión de Diana, la muerte. La desea incluso, ante la imposibilidad de superar los obstáculos que le impiden la realización del anhelado matrimonio que lo encumbraría de estado. Dispuesto a remediarle, Tristán recurre a falsear uno de los recursos tópicos del teatro, la anagnórisis: un viejo conde de la ciudad, de nombre Ludovico, cuyo hijo fue capturado hace muchos años por los moros, ha de servir al secretario de envoltura para enmascararse de noble.

No le parece adecuado el remedio a Teodoro, que prefiere huir de Nápoles y así acabar con ese amor, con su melancolía y las amenazas de muerte que sobre su cabeza penden. Ésa es también una posibilidad que contempla Diana, quien ve amenazada «la honra de su casa» y está dispuesta a colaborar económicamente a la mudanza de tierras de su amador.

Consiguen desprenderse de sus abrazos en una despedida casi molieresca, con desarrollo de conceptos sentimentales y amorosos que la lírica arrastraba desde el petrarquismo, y denuestos en labios de Diana contra el honor, que la obliga a enfrentarse «al propio gusto», y contra sus mismos ojos, por haberse fijado en un hombre de desigual condición. Pero, cuando Diana está resignada a perderle, de nuevo la comezón de los celos interviene. Marcela también quiere irse, casada con Teodoro, a España, y pide permiso para ello a su ama, que lo niega. Y sin admitir réplica, la ordena casar con Fabio.

Como los protagonistas, abocados a la separación, están en un callejón sin salida, Lope dispone el desenlace de la pieza presentando al espectador el resorte último de la comedia: un Ludovico, obsesionado y cegado por la pérdida del hijo y la falta de sucesión, está dispuesto a casarse en la vejez con alguna doncella, a pesar de que

en un viejo una mujer
es en un olmo una hiedra,

que aunque con tan varios lazos
le cubre de sus abrazos,
él se seca y ella medra.

(vv. 2742-2745)

Se convierte así en presa fácil de la traza urdida por Tristán, cuando éste le endilga el cuento de la aparición de su hijo, de igual nombre que el secretario; escénicamente la estampa adquiere el carácter de farsa necesario para el cierre de la comedia.

Tristán se ve obligado, además, a dar seguridad a los pretendientes, de que ha de matar a Teodoro, mientras se va difundiendo la noticia del «hallazgo» y del «ennoblecimiento» del secretario. En cuanto a Marcela, después de haber intentado engañar a Diana con la falsedad de haber concertado el matrimonio y el viaje a España con Teodoro, se enfrenta a éste, recibe sus desprecios, y los reproches, en primer lugar, de sus amores con Fabio, y en segundo de ser culpable de su forzada marcha. Se alegra incluso Marcela del desastre en que han parado las ambiciones de Teodoro, y se burla porque

... entre el honor y el amor
hay muchos montes de nieve.

(vv. 3004-3005)

Pero no le queda otro remedio que casarse con Fabio, como ha ordenado la condesa de Belflor, que sale a escena para declarar su amor a Teodoro y lamentar su partida. Y cuando, llorando y «perdidos los dos están», según Anarda, surge el conde Ludovico: a la ceguera de éste se une la bellaquería de Teodoro, que, sabedor del enredo del criado, no afirma, sino que, haciendo una restricción de conciencia, pregunta al viejo conde: «¿Hijo soy vuestro?», para oír incluso a Ludovico alabar el parecido físico entre ambos.

Cuando ambos amantes quedan a solas, la escena muestra a un Teodoro creído y señor, que se afirma en su falsa nobleza mediante desprecios: trata de dominar a Diana en nombre de su cuna y declara no poder amar ya a Marcela por ser «criada».

La farsa continúa con Tristán, quien se burla de los pretendientes: aunque ahora estén al tanto de su nobleza, los rivales en amor siguen dispuestos a eliminarle; la causa no son ahora, como en su primer acuerdo, las pretensiones nobiliarias, sino la pasión que Diana siente por él; por eso, por su nueva condición y estado, Tristán pide más adelanto y mayor precio por su muerte.

Pero no es la muerte lo que teme ahora Teodoro, sino que se descubra el engaño y pague con la vida, por lo que nuevamente pide permiso a Diana, pese al «encuentro» de su padre noble, para irse a España. No le queda más remedio que contarle a la condesa la traza del «padre» urdida por Tristán y la falsedad del parentesco.

La enamorada Diana, encarnación del honor y la nobleza, al conocer la mentira, no sólo la acepta,

> pues he hallado en tu bajeza
> el color que yo quería
>
> (vv. 3307-3308),

sino que está dispuesta a eliminar al único testigo que conoce el «deshonor», al inventor de la infamia, Tristán, arrojándolo de noche a un pozo. Por suerte, el criado ha oído el futuro que le espera y sale de su escondite para conseguir gracia a cambio de mantener secreta la invención. Y con la felicidad de Ludovico y la palabra de casamiento entre Diana y Teodoro, el nuevo señor desposa a su criado con una dama de Diana, Dorotea, dotada, lo mismo que Marcela, por los pretendientes.


## La representación

Como comedia palatina, son pocas, como en todo Lope de Vega, las indicaciones que el autor hace para la puesta en escena. Se limita a anotar las entradas y salidas de los personajes, y le basta con señalar la localización geográfica, Nápoles, sin que ello quiera decir que exija un pintoresquismo local a los cómicos de la época, quienes, salvo en las obras de aparato y fiestas regias, apenas superaban la exigencia lopesca de una manta y un par de actores para que exista teatro. El texto lleva en sí la carga de intenciones y, entreverado entre los versos, buena parte de las necesidades de la pieza para la representación, que puede hacerse sobre un tablado simple, con un estrado y algunos elementos decorativos o necesarios —bufetillos, cojines, etc.—, dictados por las palabras de los personajes.

En eso que podemos llamar «espacio prácticamente desnudo», la palabra que sale de la boca de los personajes es la que condiciona la pieza, la que la estratifica y la que porta los distintos contenidos, estableciendo planos, categorías sociales, momentos de gravedad o de farsa. Se somete así Lope a los lugares comunes del teatro de su época, de sobra conocidos por los «autores» y directores de *troupes*.

Es la primera escena la que, sin recurrir a largas tiradas que expliquen situaciones anteriores, coloca al espectador en el meollo más certero de la pieza: una joven condesa que vive sola en su palacio, sin los deudos directos y habituales de esta especie de personaje —padres, hermanos varones— organiza a su alrededor un micromundo absolutamente jerarquizado, como corresponde a la sociedad estamental a la que Lope de Vega entrega su comedia. Diana, aunque mujer, como dueña del condado de Belflor, encarna un modo de vivir aristocrático: su casa no es sino un pequeño reino que depende, en todo, de la voluntad de la condesa; y así, puede prohibir y ordenar hechos esenciales de la vida de sus «súbditos», como en el desenlace de *El perro del hortelano* la boda de Marcela con Fabio.

No es muy frecuente en la escena de la época el protagonismo de una mujer no sometida a una jerarquía superior y masculina, por encima de ella; se trata de uno de los rasgos que caracterizan la acción de esta comedia, porque la presencia de un padre o de un hermano mayor habría arruinado las posibilidades que tiene Diana de «comer o dejar comer»; aunque la condesa conozca las obligaciones del honor, y se pliegue a ellas en un primer momento, luego, a medida que avanza el dominio que sobre ella ejercen los celos y la pasión, el concepto empieza a ser un juguete de su pensamiento para terminar desmoronándose. Porque es en ese concepto donde se juega la pieza, que pasa de comedia palatina inicial a farsa que destroza todos los principios graves que han dado lugar a la acción inicial.

Reflejo de una situación social del siglo XVII, *El perro del hortelano* esboza con absoluta nitidez las relaciones jerarquizadas. Lope las conocía perfectamente, en su interioridad más íntima: fuera de la casa de Diana, unos pretendientes nobles que codician ante todo el condado del que es titular: en las palabras del conde Federico y del marqués Ricardo no hay nada que exprese un apasionamiento cualquiera por la dama: es puro juego social de ambición por el asiento masculino vacante en esa corona condal lo que mueve a ambos; y si, en un primer momento, son capaces de pagar a buen precio la cabeza del «secretario» Teodoro para defender, según ellos, el honor que Diana, enamorada, parece incapaz de defender, cuando Teodoro se convierta en «conde», seguirán comprando su cabeza; esta vez no será la disculpa del «decoro» nobiliario lo que les impulse, sino la pérdida, definitiva, de Diana, pues la nueva identidad del secretario iguala a los dos protagonistas.

En ese mundo primero, el nobiliario, y externo también a la casa de Diana, se instala el conde Ludovico, aunque sea sacado a escena para resolver el callejón sin salida en que están los amantes, como *deux es machina* inexorable. No importa que Ludovico acomode su condición en un plano de farsa: es más, es su mundo, el mundo de la aristocracia basada en el honor, lo que Ludovico arruina con su aparición primero, y en segundo lugar con su necedad crédula, a la que le arrastran tanto las obligaciones del *topos* que Lope de Vega necesita en ese punto de *El perro*, como la esencia de su tipo.

El resto de los personajes se hallan muy por debajo de esa condición, pero perfectamente escalonados en la jerarquía que rodea a Diana: un gentilhombre, un mayordomo, un secretario, lacayos, damas de cámara y criados. Y todos conocen los límites de su estado, de una existencia regida por las normas estamentales que los someten a su ama. Sólo Teodoro pretende romper esa frontera y trocar el estado llano en que ha nacido por el nobiliario que puede alcanzar, no por pasión propia, sino por pasión ajena. No es Teodoro quien pone los ojos en Diana, sino la condesa en él, arrastrada por el aguijón de los celos. Sabedor de que se juega la vida en el empeño, y aunque confundido por las palabras equívocas con que Diana, sin descubrirse, le alienta, decide jugarse el todo por el todo, «César o nada», y tratar de romper el tabú que separa el estado llano de la aristocracia.

Que lo consiga urdiendo falsedades y mentiras, no es cosa suya, siempre que logre salvar la cabeza: el estado llano no tiene entre sus mandamientos el del honor, y es Diana quien se debate entre las redes que su condición la impone. Porque tal resulta ser el núcleo de la comedia, junto con el tema de los celos: el honor, fiel sagrado que la clase nobiliaria no puede transgredir por ser la coartada de sus privilegios.

No es frecuente en el teatro del Siglo de Oro la variante que aquí esboza sobre el tema del honor Lope de Vega: si Diana arranca de una sumisión absoluta al código de su condición de noble, si llega en un momento a pensar en la muerte del galán, para así dejar de amar a un desigual, y si en algún instante lamenta las obligaciones que el honor le impone, siempre se muestra dispuesta a someterse a ellas; pero cuando el azar la coloca en una situación en que el honor salva su apariencia, a sabiendas de que el decoro queda roto y de que se casa con un «desigual», no sólo no duda en aceptar la trapacería urdida por uno de los criados de su secretario, sino que maquina la forma de asesinar al único testigo de su «deshonor».

El tema de los celos como motor de ese amor deshonroso comparte con el anterior el protagonismo. Pero aquí Lope juega con él, con situaciones que, como una trampa, van adentrando cada vez más a Diana en el amor por su secretario. Un interesante punto de partida para el análisis psicológico de la condesa ha sido aportado por Antonio Carreño, quien ve en los primeros versos de la obra los síntomas de una gran sentimentalidad emotiva que llega hasta la histeria. Carreño comenta los versos 5-13: «Las exclamaciones, fórmulas interrogativas, pausas, miradas apresuradas en la oscuridad, gritos (vv. 1010; 1142) caídas simuladas, revelan la inhabilidad de percibir lo real, de no poder distinguir entre lo que es y pudiera ser»[15]. Para Carreño, «el deseo de la condesa de Belflor por Teodoro da en frustración y en inhibición sexual»[16].

Así establecidos los puntos de partida, Lope no tenía más posibilidad para desenlazar la comedia que irrumpir en el camino de la farsa, y arruinar la estructura patriarcal de la que Diana es, en *El perro del hortelano*, representante. Y, en una comedia con remate farsesco, Lope puede subvertir el valor esencial sobre el que se asentaba la sociedad estamental: el honor.

## ANÁLISIS MÉTRICO DE «EL PERRO DEL HORTELANO»

La variedad de metros poéticos empleados por Lope en el presumible periodo de escritura de *El perro del hortelano*, 1613, no puede resumirse fácilmente con los tan sobradamente conocidos ocho versos con que Lope despacha el asunto de la versificación en el *Arte nuevo de hacer comedias:*

> Acomode los versos con prudencia
> a los sujetos de que va tratando:
> las décimas son buenas para quejas,
> el soneto está bien en los que aguardan;
> las relaciones piden los romances,
> aunque en otavas lucen por estremo;
> son los tercetos para cosas graves,
> y para las de amor, las redondillas.

(vv. 305-312)

No se atuvo sin embargo Lope a estas prescripciones dadas por él mismo, como han demostrado de forma no teórica sino fehaciente Morley y Bruerton: precisamente estos hispanistas han conseguido datar las comedias lopeveguescas

---

[15] Edición de *El perro del hortelano*, Madrid, 1991, Introducción, pág. 24.

[16] *Ibíd.*, págs. 12-13. Siguiendo por ese camino, Carreño hace las derivaciones pertinentes sobre el refrán y las implicaciones sexuales del término «comer», etc.

gracias a los cambios que el autor introdujo en sus prácticas métricas a lo largo de toda su producción dramática, demostrando además, no sólo que no se atenía a esas reglas, sino que, de hecho, no había reglas, y que la elección de los metros se debía a una intuición subjetiva difícil de normativizar.

## Acto I

| Versos | Metro | Cantidad |
|---|---|---|
| 1-240 | redondilla | 240 |
| 241-324 | romance | 84 |
| 325-338 | soneto | 14 |
| 339-550 | redondilla | 212 |
| 551-564 | soneto | 14 |
| 565-688 | romance | 124 |
| 689-752 | octava | 64 |
| 753-756 | redondilla | 4 |
| 757-770 | soneto | 14 |
| 771-890 | redondilla | 120 |
| 891-970 | décima | 80 |
| 971-1172 | romance | 202 |
| 1173-1186 | soneto | 14 |
| | Total | 1186 |

## Acto II

| | | |
|---|---|---|
| 1187-1266 | redondilla | 80 |
| 1267-1271 | endecasílabos sueltos | 5 |
| 1272-1277 | endecasílabos pareados | 6 |
| 1278-1327 | décima | 50 |
| 1328-1643 | redondilla | 316 |
| 1644-1647 | endecasílabos pareados | 4 |
| 1648-1655 | redondilla | 8 |
| 1656-1723 | romance | 68 |

33

| | | |
|---|---|---|
| 1724-1739 | octava | 16 |
| 1740-1793 | romance | 54 |
| 1794-1807 | soneto | 14 |
| 1808-1987 | quintilla | 180 |
| 1988-2071 | romance | 84[17] |
| 2072-2119 | octava | 48 |
| 2120-2133 | soneto | 14 |
| 2134-2245 | romance | 112 |
| 2246-2259 | soneto | 14 |
| 2260-2359 | romance | 100 |
| | *Total* | 1173 |

## Acto III

| | | |
|---|---|---|
| 2360-2415 | redondilla | 56 |
| 2416-2508 | endecasílabos sueltos | 93 |
| 2509-2548 | octava | 40 |
| 2549-2561 | endecasílabos sueltos | 13 |
| 2562-2575 | soneto | 14 |
| 2576-2715 | redondilla | 140 |
| 2716-2729 | soneto | 14 |
| 2730-2761 | redondilla | 32 |
| 2762-2921 | romance | 161 |
| 2922-2985 | octava | 64 |
| 2986-3025 | décima | 40 |
| 3026-3073 | redondilla | 48 |
| 3074-3138 | endecasílabos sueltos | 65 |
| 3139-3198 | redondilla | 60 |
| 3199-3231 | endecasílabos sueltos | 33 |
| 3232-3263 | redondilla | 32 |
| 3264-3383 | romance | 120 |
| | *Total* | 1024 |

---

[17] Entre los versos 2025 y 2026 se intercala la carta en prosa que Diana dicta a Teodoro.

# Esta edición

Tras las ediciones más recientes, en especial las de A. David Kossof y Víctor Dixon, *El perro del hortelano* apenas presenta problemas textuales. La edición *princeps*, que encabeza (folios 1-27) la *Onzena parte* de las *Comedias* de Lope se editó en Madrid en 1618, fue seguida en ese mismo año, pocos meses más tarde, por otra impresión realizada en Barcelona; Kossoff ha demostrado suficientemente la primacía cronológica de la primera, así como la dependencia de la impresión barcelonesa —a la que nombra con la inicial B de la capital catalana— de la madrileña —que recibe el nombre de M[18].

Aunque ésta incluye una fe de erratas, no se recogen en ella todos los errores de la edición, algunos de los cuales corrige B. De ambas hay, pues, que partir para el cotejo de los textos citados en el apartado bibliográfico de *El perro del hortelano*.

Utilizo además, para las acotaciones y alguna enmienda, la edición de Zerolo (París, 1886), que inserta, con gran acierto, movimientos escénicos que no figuran en la *Onzena parte;* aludo a ella en las notas, dándola el nombre de G, consagrado tradicionalmente para designarla.

La ortografía se ha actualizado, salvo en los casos que afectan a la fonética, y se ha modernizado la puntuación, acentuación y uso de mayúscula, como en las ediciones más recientes; lo mismo ocurre con la grafía, actualizada incluso en las transcripciones que doy, a pie de página, de acepciones de

---

[18] Ambos textos pueden consultarse en los fondos de la Biblioteca Nacional de Madrid.

voces según el *Diccionario de Autoridades* y el *Tesoro* de Covarrubias. No siempre anoto erratas evidentes, aunque doy cuenta de algunos casos de M, B y G. Los escasísimos retoques que he dado al texto quedan justificados, respecto a la *princeps,* en las notas.

He seguido, en puntuación, los criterios conservadores de anteriores editores (en especial Kossoff), dado que parece imposible romper con la tradición que coma, punto y coma, etc., tienen en el verso escénico, y que rigen valores poéticos o incluso de representación más que gramaticales.

Respecto a las notas, dada la diversidad del posible lector de la comedia, habrá muchas explicaciones de alusiones y términos que han de sobrar para los especialistas. En ellas he tratado de solventar problemas de lenguaje, alusiones mitológicas o folclóricas, paralelos literarios y aclaraciones sobre el sentido concreto de algunos pasajes oscuros.

A la hora del reconocimiento de deudas, es un placer reconocer la que mi texto mantiene con el de A. David Kossoff y el de Victor Dixon, aunque en distinto grado. Ambos especialistas han dejado limpio de problemas mayores el texto de la obra y han aportado comentarios tan valiosos al texto que, gracias a ellos, *El perro del hortelano* es una pieza «sin problemas» de mayor cuantía, salvo que la aparición de un manuscrito venga a modificar tal situación.

# Bibliografía

EDICIONES DE «EL PERRO DEL HORTELANO»

*Onzena parte de las comedias de Lope de Vega Carpio,* Madrid, Viuda de Alonso Martín, 1618.

*Doze comedias de Lope de Vega Carpio, Onzena parte,* Barcelona, Sebastián de Cormellas, 1619.

*Colección de Piezas escogidas de Lope de Vega, Calderón de la Barca, ... sacadas del Tesoro del teatro español,* ed. de Eugenio de Ochoa, t. II, París, 1840.

*Comedias escogidas de Frey Lope Félix de Vega Carpio,* ed. de J. E. Hartzenbusch, Madrid, 1856 [reimpr. 1946].

*Obras escogidas de Lope de Vega,* ed. de Zerolo, t. III, París, 1885.

*Obras de Lope de Vega,* ed. Cotarelo, Madrid, 1930.

*Comedia del Perro del Hortelano,* ed. Eugène Kohler, París, 1934 [reedición corregida y muy ampliada, París, 1951].

*Obras escogidas,* t. I, «Teatro», ed. F. C. Sáinz de Robles, Madrid, 1946 [varias reediciones].

*Teatro español del Siglo de Oro,* ed. B. W. Wardropper, Nueva York, 1970.

*El perro del hortelano - El castigo sin venganza,* ed. A. David Kossoff, Madrid, 1970.

*El perro del hortelano,* ed. Victor Dixon, Londres, 1981.

*El perro del hortelano,* ed. Antonio Carreño, Madrid, 1991.

ESTUDIOS SOBRE LOPE DE VEGA Y «EL PERRO DEL HORTELANO»

ALONSO, Amado, «Lope de Vega y sus fuentes», en J. F. Gatti [1962] (véase *infra* este mismo apartado).

ARCO y GARAY, R., *La sociedad española en las obras dramáticas de Lope de Vega,* Madrid, 1942.

ASENSIO, Eugenio, «Una canción de Lope en *El perro del hortelano»*, *Cancionero musical Luso-Español del siglo XVI antiguo e inédito,* Salamanca, 1989, págs. 17-21.

BELLO, Andrés y CUERVO, Rufino José, *Gramática de la lengua castellana,* ed. N. Alcalá Zamora y Torres, Buenos Aires, 1952.

BRADBURY, G., «Lope Plays of Bandello Origin», *Forum for Modern Language Studies,* 16 de enero de 1980, págs. 53-65.

CANAVAGGIO, Jean, «Lope de Vega entre refranero y comedia», en *Lope de Vega y los orígenes del teatro español,* Criado de Val (ed.), Madrid, 1981, págs. 83-94.

— «*El perro del hortelano,* de refrán a enredo», *Homenaje a Rinaldo Froldi,* Università degli Studi di Bologna (en prensa).

CASALDUERO, Joaquín, *Estudios sobre el teatro español,* Madrid, 1919.

CIUAVOLELLA, M., *La «malattia d'amore» dall'Antichità al Medioevo,* Roma, 1976.

COROMINAS, Joan y PASCUAL, José Antonio, *Diccionario crítico etimológico castellano e hispánico,* Madrid, 1980-1991, 6 vols.

COVARRUBIAS, Sebastián de, *Tesoro de la lengua castellana o española,* ed. de Felipe C. R. Maldonado, Madrid, 1994.

CUERVO, R. J., «Disquisiciones sobre antigua ortografía y pronunciación castellana», *Revue Hispanique,* V, 1898, págs. 273-313.

*Diccionario de Autoridades* [1726-1739], reimpresión, Madrid, 1964, 3 vols.

DUNN, Peter N., *«Materia la mujer, el hombre forma:* Notes on the Development of a Lopean *topos»*, *Homenaje a William L. Fichter,* A. D. Kossoff y José Amor Vázquez (eds.), Madrid, págs. 189-199.

FERNÁNDEZ GÓMEZ, Carlos, *Vocabulario completo de Lope de Vega,* Madrid, 1971, 3 vols.

FISHER, Susan, L., «Some are born great... and some have greatness thrust upon them: Comic resolution in *El perro del hortelano* and *Twelfth Night»*, *Hispania,* 82, 1989, págs. 78-86.

FONTECHA, Carmen, *Glosario de voces comentadas en ediciones de textos clásicos,* Madrid, 1941.

GARCILASO DE LA VEGA, *Obras completas con comentario,* ed. Elias L. Rivers, Madrid, 1974.

GASPARETTI, A., *Las novelas de Mateo Bandello como fuentes del teatro de Lope de Vega,* Salamanca, 1939.

GATTI, J. F. (ed.), *El teatro de Lope de Vega: artículos y estudios,* Buenos Aires, 1962.

HALL, Gaston, H., «Illusion et verité dans deux pièces de Lope de Vega: la fiction vraie et *Le chien du jardinier*», en *Verité et illusion dans le théâtre au temps de la Renaissance,* París, 1983.

HAYES, F. C., «The Use of Proverbs in Titles and Motives in the *Siglo de Oro* Drama: Lope de Vega», *Hispanic Review,* VI, págs. 305-323, 1938.

HERRERO, Javier, «Lope de Vega y el Barroco: la degradación por el honor», *Sistema. Revista de Ciencias sociales,* 4, 1974, págs. 49-71.

JONES, C. A., «Honor in the Spanish Golden-Age Drama: Its Relationship to Real Life and Morals», *Bulletin of Hispanic Studies,* XXXV, 1958, págs. 199-210.

JONES, R. O., «*El perro del hortelano* y la visión de Lope», *Filología,* XI, 1964, págs. 135-142.

KENISTON, Hayward, *The Syntax of Castilian Prose: The Sixteenth Century,* Universidad de Chicago, 1937.

KOHLER, E., «Lope et Bandello», *Hommage à Martinenche,* París, [1939], págs. 116-142.

LAPESA, Rafael, «Sobre los orígenes y evolución del leísmo, laísmo y loísmo», en *Festschrift Walter von Wartburg zum 80. Geburtstag,* II, Tubinga, 1968, págs. 523-551.

*Lope de Vega y los orígenes del teatro español. Actas del I Congreso Internacional sobre Lope de Vega,* Criado de Val (ed.), Madrid, 1981.

MARAVALL, José Antonio, *Teatro y literatura en la sociedad barroca,* 2.ª ed. aumentada, Barcelona, 1990.

MORBY, Edwin S. (ed.), *La Dorotea,* Madrid, 1958 [2.ª ed. 1968].

MORLEY, S. G. y Bruerton, C., *The Chronology of Lope de Vega's «Comedias»,* Nueva York, 1940; trad. *Cronología de las comedias de Lope de Vega,* Madrid, 1968.

PARKER, Alexander A., *The Approach to the Spanish Drama of the Golden Age,* Londres, 1957.

PÉREZ, Louis C., «La fábula de Ícaro y *El perro del hortelano*», en *Estudios literarios... dedicados a Helmut Hatzfeld,* J. M. Solá-Solé, A. Crisafulli, B. Damiani (eds.), Barcelona, 1974, págs. 287-296.

ROSSETTI, Guy, «*El perro del hortelano:* Love, honor and the *Burla*», *Hispanic Journal,* I, 1979, págs. 37-46.

ROZAS, Juan Manuel, *Estudios sobre Lope de Vega,* Madrid, 1990.

SAGE, Jachk W., «The Context of Comedy: Lope de Vega's *El perro* del hortelano and Related Plays», *Studies in Spanish Literature of the Golden Age presented to Edward M. Wilson*, R. O. Jones (ed.), Londres, 1973, págs. 274-266.

WARDROPPER, Bruce W., «Comic illusion: Lope de Vega's *El perro del hortelano*», *Kentucky Romance Quarterly*, XIV, 1967, págs. 101-111.

WEBER DE KURLAT, Frida, «*El perro del hortelano* como comedia palatina», *Nueva Revista de Filología Hispánica*, XXIV, 2, 1975, páginas 339-363.

WILSON, Margaret, «Lope as satirist: two themes in *El perro del hortelano*», *Hispanic Review*, 40, 1972, págs. 271-282.

VAREY, John E., *Cosmovisión y escenografía: El teatro español en el siglo de Oro*, Madrid, 1987.

VAREY, John y SHERGOLD, N. D., *Comedias en Madrid: 1603-1709*, Londres, 1989.

VOSSLER, K., *Lope de Vega y su tiempo*, Madrid, 1933.

— *Algunos caracteres de la cultura española*, Madrid, 1941.

YARBO-BEJARANO, Ivonne, «Hacia un análisis feminista del drama de honor de Lope de Vega», *La Torre*, 1, 3-4, 1987, págs. 651-632.

ZAMORA VICENTE, A., *Lope de Vega. Su vida y su obra*, Madrid, 1961.

# Comedia famosa del
## Perro del hortelano

*Hablan en ella las personas siguientes:*

DIANA, *condesa de Belflor*  
LEONIDO, *criado*  
EL CONDE FEDERICO  
ANTONELO, *lacayo*  
TEODORO, *su secretario*  
MARCELA, DOROTEA  
ANARDA, *de su cámara*  
OTAVIO, *su mayordomo*  

FABIO, *su gentilhombre*  
EL CONDE LUDOVICO  
FURIO, LIRANO  
TRISTÁN, *lacayo*  
RICARDO, *marqués*  
CELIO, *criado*  
CAMILO  
[UN PAJE]*

---

* Personaje añadido en G.

# Acto primero

*(Salen* Teodoro *con una capa guarnecida de noche y* Tristán, *criado; vienen huyendo.)*

| | |
|---|---|
| Teodoro. | Huye, Tristán, por aquí. |
| Tristán. | Notable desdicha ha sido. |
| Teodoro. | ¿Si nos habrá conocido? |
| Tristán. | No sé; presumo que sí. |

*(Váyanse y entre tras ellos* Diana, *condesa de Belflor.)*

| | | |
|---|---|---|
| Diana. | ¡Ah, gentilhombre, esperad! | 5 |
| | ¡Teneos, oíd! ¿Qué digo? | |
| | ¿Esto se ha de usar conmigo? | |
| | ¡Volved, mirad, escuchad! | |
| | ¡Hola! ¿No hay aquí un criado? | |
| | ¡Hola! ¿No hay un hombre aquí? | 10 |
| | Pues no es sombra lo que vi, | |
| | ni sueño que me ha burlado. | |
| | ¡Hola! ¿Todos duermen ya? | |

*(Sale* Fabio, *criado.)*

---

11 M y B: *hombre*. Elijo la variante de G, «sombra», que evita la repetición del primer término: la oposición hombre/sombra es frecuente en el teatro barroco. En ese mismo sentido se orienta la reflexión de Diana, como muestra el verso siguiente.

| | |
|---|---|
| FABIO. | ¿Llama vuestra señoría? |
| DIANA. | Para la cólera mía,      15 |

FABIO. ¿Llama vuestra señoría?

DIANA. Para la cólera mía, 15
gusto esa flema me da.
    Corred, necio, enhoramala,
pues merecéis este nombre,
y mirad quién es un hombre
que salió de aquesta sala. 20

FABIO. ¿Desta sala?

DIANA. Caminad,
y responded con los pies.

FABIO. Voy tras él.

DIANA. Sabed quién es.
¿Hay tal traición, tal maldad?

*(Sale* OTAVIO.*)*

OTAVIO. Aunque su voz escuchaba, 25
a tal hora no creía
que era vuestra señoría
quien tan aprisa llamaba.

DIANA. ¡Muy lindo Santelmo hacéis!
¡Bien temprano os acostáis! 30
¡Con la flema que llegáis!
¡Qué despacio que os movéis!
    Andan hombres en mi casa

---

16 *flema:* humor «que hace a los hombres tardos, perezosos y dormilones, y a los tales llamamos flemáticos» (Covarrubias).

20 *aquesta:* «esta», forma reforzada del demostrativo por medio de *eccu(um).* Junto con el resto de los demostrativos («aqueso, aqueste», etc.), se trata de formas arcaicas muy utilizadas en poesía cuando la cuenta del verso pide una sílaba más. Hay otros ejemplos en la comedia de esta y otras contracciones semejantes: v. 2003, 2060...

21 *desta:* «de esta»: contracción frecuente, con esta y otras formas («deso, dello»), que perduraba, aunque vacilante, en el siglo XVII. Véase la nota al v. 20.

24 G pone este verso en boca de Fabio y añade la acotación: «*(Vase)*». Prefiero la interrogación al signo admirativo de M, B y el resto de ediciones.

29 *Santelmo:* «especie de meteoro. Es una llama pequeña que en tiempo de tempestades suele aparecer en los remates de las torres y edificios, y en las entenas de los navíos, a quien vulgarmente llaman Santelmo» *(Aut.).*

31 *con qué flema llegáis:* construcción corriente en el siglo áureo: «vaya cachaza la que traéis».

|          | a tal hora, y aun los siento |    |
|----------|------------------------------|----|
|          | casi en mi propio aposento, | 35 |
|          | (que no sé yo dónde pasa |    |
|          | tan grande insolencia, Otavio), |    |
|          | y vos, muy a lo escudero, |    |
|          | cuando yo me desespero, |    |
|          | ¿ansí remediáis mi agravio? | 40 |
| OTAVIO. | Aunque su voz escuchaba, |    |
|          | a tal hora no creía |    |
|          | que era vuestra señoría |    |
|          | quien tan aprisa llamaba. |    |
| DIANA. | Volveos, que no soy yo; | 45 |
|          | acostaos, que os hará mal. |    |
| OTAVIO. | Señora... |    |

*(Sale* FABIO.*)*

| FABIO. | No he visto tal. |    |
|--------|------------------|----|
|        | Como un gavilán partió. |    |
| DIANA. | ¿Viste las señas? |    |
| FABIO. | ¿Qué señas? |    |
| DIANA. | ¿Una capa no llevaba | 50 |
|        | con oro? |    |
| FABIO. | ¿Cuando bajaba |    |
|        | la escalera...? |    |
| DIANA. | ¡Hermosas dueñas |    |
|        | sois los hombres de mi casa! |    |

---

37 *grande:* en el siglo áureo era frecuente la forma no apocopada de *grande* ante un sustantivo; véase también los vv. 629, 862.

38 *vos:* a lo largo de la comedia, como en todas las suyas, Lope emplea indistintamente el *tú* y el *vos.*

41 Falta en M la acotación del personaje que habla, Otavio.

45 Falta en M la acotación del personaje que habla, Diana. La fe de erratas de M corrige su propio texto: «*nos oyó*»; es G el que ofrece la lectura correcta.

47 *tal:* «Se usa asimismo para demostrar un sujeto no conocido» *(Aut.).* Parece esta acepción más apropiada que indicación de sorpresa en Fabio por la celeridad de la fuga del hombre al que le han mandado buscar.

49 *seña:* «Nota o indicio sensible de alguna cosa por la cual se viene en conocimiento de ella» *(Aut.).*

52 *dueñas:* «Se entiende comúnmente aquellas mujeres viudas y de respeto que se tienen en palacio y en las casas de los señores para autoridad de las

| | | |
|---|---|---|
| FABIO. | A la lámpara tiró | |
| | el sombrero, y la mató. | 55 |
| | Con esto los pasos pasa, | |
| | y en lo escuro del portal | |
| | saca la espada y camina. | |
| DIANA. | Vos sois muy lindo gallina. | |
| FABIO. | ¿Qué querías? | |
| DIANA. | ¡Pesia tal! | 60 |
| | Cerrar con él y matalle. | |
| OTAVIO. | Si era hombre de valor, | |
| | ¿fuera bien echar tu honor | |
| | desde el portal a la calle? | |
| DIANA. | ¿De valor aquí? ¿Por qué? | 65 |
| OTAVIO. | ¿Nadie en Nápoles te quiere | |
| | que, mientras casarse espere, | |
| | por donde puede te ve? | |
| | ¿No hay mil señores que están, | |
| | para casarse contigo, | 70 |
| | ciegos de amor? Pues bien digo, | |
| | si tú le viste galán, | |
| | y Fabio tirar bajando | |
| | a la lámpara el sombrero. | |
| DIANA. | Sin duda fue caballero | 75 |
| | que, amando y solicitando, | |
| | vencerá con interés | |

---

antesalas, y guarda de las demás criadas» *(Aut.)*. Con ese término, Diana critica la falta de sentido común y probablemente de valor del servicio masculino de su casa.

56 *paso:* «escalón» *(Aut.)*, peldaño. M y B: «passos», Kohler y otros: «patios».

57 *escuro:* oscuro.

60 *pesia tal:* interjección de enfado (M. Moliner).

61 *cerrar con:* «embestir, acometer» *(Aut.)*, como en el v. 2277.

*matalle:* «matarle», por asimilación de la *-r-* del infinitivo a la *-l-* del enclítico, frecuente en el siglo áureo. Lope suele emplearla por necesidades de la rima (véase v. 1146), aunque tampoco desprecia su uso en otras posiciones: «detenelle y deslumbralle» (v. 358); «sabré, si no servillo, celebrallo» (v. 2084) en esta misma comedia.

70 *para:* «Se toma muchas veces por lo mismo que *por*» *(Aut.)*.

|         | mis criados; ¡qué criados |      |
|---------|---------------------------|------|
|         | tengo, Otavio, tan honrados!, |  |
|         | pero yo sabré quién es. | 80 |
|         | Plumas llevaba el sombrero, |  |
|         | y en la escalera ha de estar. |  |
|         | Ve por él. |  |
| FABIO.  | ¿Si le he de hallar? |  |
| DIANA.  | Pues claro está, majadero; |  |
|         | que no había de bajarse | 85 |
|         | por él cuando huyendo fue. |  |
| FABIO.  | Luz, señora, llevaré. |  |
| DIANA.  | Si ello viene a averiguarse, |  |
|         | no me ha de quedar culpado |  |
|         | en casa. |  |
| OTAVIO. | Muy bien harás, | 90 |
|         | pues cuando segura estás |  |
|         | te han puesto en este cuidado; |  |
|         | pero aunque es bachillería, |  |
|         | y más estando enojada, |  |
|         | hablarte en lo que te enfada, | 95 |
|         | esta tu injusta porfía |  |
|         | de no te querer casar |  |
|         | causa tantos desatinos, |  |
|         | solicitando caminos |  |
|         | que te obligasen a amar. | 100 |
| DIANA.  | ¿Sabéis vos alguna cosa? |  |
| OTAVIO. | Yo, señora, no sé más |  |

---

78-79 M, G y el resto prefieren: «que crïados / tengo, Otavio, tan honra-
dos, / pero...»

83 G nombra al destinatario de esta orden con la acotación: *«(A Fabio)»*.

85 *bajarse:* agacharse.

87 G añade una acotación para Fabio: *«(Vase)»*.

89 *culpado:* «El que ha cometido algún delito, o falta en la obligación»
*(Aut.).*

93 *bachillería:* «locuacidad sin fundamento, conversación inútil y sin apro-
vechamiento, palabras, aunque sean agudas, sin oportunidad e insustancia-
les» *(Aut.).*

95 *hablar en:* construcción usual en la época áurea, que hoy se construye
con la preposición *de.*

                    de que en opinión estás
                    de incasable cuanto hermosa.
                    El condado de Belflor                    105
                    pone a muchos en cuidado.


                              *(Sale* FABIO.*)*


FABIO.          Con el sombrero he topado,
               mas no puede ser peor.
DIANA.              Muestra. ¿Qué es esto?
FABIO.                                  No sé.
               Éste aquel galán tiró.                        110
DIANA.         ¿Éste?
OTAVIO.                   No le he visto yo
               más sucio.
FABIO.                        Pues éste fue.
DIANA.         ¿Éste hallaste?
FABIO.                            Pues ¿yo había
               de engañarte?
OTAVIO.                          ¡Buenas son
               las plumas!
FABIO.                          Él es ladrón.             115
OTAVIO.        Sin duda a robar venía.
DIANA.             Haréisme perder el seso.
FABIO.         Este sombrero tiró.
DIANA.         Pues las plumas que vi yo,
               y tantas que aun era exceso,              120
               ¿en esto se resolvieron?

---

104 *incasable:* «El que es incapaz de casarse, o tiene grave dificultad, o inconveniente, o repugnancia al matrimonio». Enmiendo el texto de M, B, G
y del resto: *«incansable».*

111 *le:* ejemplo de leísmo; hay muchos otros en *El perro...* vv. 132, 189,
210, 309, 531-551, 1356 y *passim.* Lope, como la mayoría de los escritores del
siglo, empleaban *le* como complemento directo de persona o cosa, y no *lo;*
«justamente Madrid y el Siglo de Oro son centro de expansión y época cul-
minante del leísmo» (Francisco Rico, edición de *El caballero de Olmedo,* 1981,
pág. 112, n. 175). Sobre el leísmo, Rafael Lapesa, «Sobre los orígenes y evolución del leísmo, laísmo y loísmo», en *Festschrift Walter von Wartburg zum 80.
Geburtstag,* II, Niemeyer, Tubinga, 1968.

| | |
|---|---|
| FABIO. | Como en la lámpara dio, |
| | sin duda se las quemó |
| | y como estopas ardieron. |
| | ¿Ícaro al sol no subía, |
| | que, abrasándose las plumas, |
| | cayó en las blancas espumas |
| | del mar? Pues esto sería. |
| | El sol la lámpara fue, |
| | Ícaro el sombrero, y luego |
| | las plumas deshizo el fuego, |
| | y en la escalera le hallé. |
| DIANA. | No estoy para burlas, Fabio. |
| | Hay aquí mucho que hacer. |
| OTAVIO. | Tiempo habrá para saber |
| | la verdad. |
| DIANA. | ¿Qué tiempo, Otavio? |
| OTAVIO. | Duerme agora, que mañana |
| | lo puedes averiguar. |
| DIANA. | No me tengo de acostar, |
| | no, por vida de Diana, |
| | hasta saber lo que ha sido. |
| | Llama esas mujeres todas. |

125

130

135

140

---

125 *Ícaro:* Hijo de Dédalo, protagonista de varias leyendas como escultor y arquitecto, autor del laberinto de Creta. Ícaro, el primero que trabajó la madera, fue encerrado en el laberinto junto con su padre por el rey Minos, que castigaba así la ayuda que Dédalo había prestado a Teseo en su lucha con el Minotauro. Para escapar de su encierro, Dédalo inventó unas alas de cera y, tras recomendar a su hijo no volar muy alto, iniciaron el vuelo. Ícaro, engreído por su nuevo poder de volar, se elevó tanto que el sol derritió la cera y le hizo caer al mar, donde se ahogó.

125-126 M: *Ícaro ¿al sol no subía, / que abrasándose...;* G: *Ícaro ¿al sol no subía, / y abrasándose...*

126 *que:* «cuando».

137 *agora:* «ahora», de *hac hora.* Lope emplea el arcaísmo cuando precisa tres sílabas para la cuenta métrica, pues, salvo en final de verso, *ahora* en Lope suele ser bisílabo. También vv. 972, 2076, 2101, 2146...

139 *tener de:* «haber de»; puede poseer sentido futuro, como en los versos 2213, 2260 y 3046.

140 En toda la comedia, «Diana» es trisílaba para la cuenta métrica, lo mismo que «Teodoro».

142 G acota el final del verso: *«(Vase Fabio)».*

49

| OTAVIO. | Muy bien la noche acomodas. | |
|---|---|---|
| DIANA. | Del sueño, Otavio, me olvido | |
| | con el cuidado de ver | 145 |
| | un hombre dentro en mi casa. | |
| OTAVIO. | Saber después lo que pasa | |
| | fuera discreción, y hacer | |
| | secreta averiguación. | |
| DIANA. | Sois, Otavio, muy discreto, | 150 |
| | que dormir sobre un secreto | |
| | es notable discreción. | |

*(Sale* FABIO, DOROTEA, MARCELA, ANARDA.*)*

| FABIO. | Las que importan he traído, | |
|---|---|---|
| | que las demás no sabrán | |
| | lo que deseas y están | 155 |
| | rindiendo al sueño el sentido. | |
| | Las de tu cámara solas | |
| | estaban por acostar. | |
| ANARDA. | De noche se altera el mar | |
| | y se enfurecen las olas. | 160 |
| FABIO. | ¿Quieres quedar sola? | |
| DIANA. | Sí. | |
| | Salíos los dos allá. | |
| FABIO. | ¡Bravo examen! | |
| OTAVIO. | Loca está. | |
| FABIO. | Y sospechosa de mí. | |
| DIANA. | Llégate aquí, Dorotea. | 165 |

---

150+ *sale:* en las acotaciones de la comedia áurea es frecuente el verbo en singular con sujeto plural: de cualquier modo, Lope suele alternar esa falta de concordancia con la concordancia. En las acotaciones, Lope utiliza *salir* en el sentido de «salir a escena», aunque hay comedias donde sustituye ese verbo por el de *entrar* con la misma significación. En los diálogos, sin embargo, *salir* significa «salir de escena» (v. 162).

157 *solas:* «solamente».

161 En M falta la acotación de nombre del personaje que habla, y que figura en B.

164 Tras el verso, Fabio y Otavio abandonan la escena.

Emma Suárez como Diana, la condesa de Belfor, en la película *El perro del hortelano,* dirigida por Pilar Miró.

| DOROTEA. | ¿Qué manda vuseñoría? |
| DIANA. | Que me dijeses querría |
| | quién esta calle pasea. |
| DOROTEA. | Señora, el marqués Ricardo, |
| | y algunas veces el conde | 170 |
| | Paris. |
| DIANA. | La verdad responde |
| | de lo que decirte aguardo, |
| | si quieres tener remedio. |
| DOROTEA. | ¿Qué te puedo yo negar? |
| DIANA. | ¿Con quién los has visto hablar? | 175 |
| DOROTEA. | Si me pusieses en medio |
| | de mil llamas, no podré |
| | decir que, fuera de ti, |
| | hablar con nadie los vi |
| | que en aquesta casa esté. | 180 |
| DIANA. | ¿No te han dado algún papel? |
| | ¿Ningún paje ha entrado aquí? |
| DOROTEA. | Jamás. |
| DIANA. | Apártate allí. |
| MARCELA. | ¡Brava inquisición! |
| ANARDA. | Cruel. |
| DIANA. | Oye, Anarda. |
| ANARDA. | ¿Qué me mandas? | 185 |
| DIANA. | ¿Qué hombre es éste que salió...? |
| ANARDA. | ¿Hombre? |
| DIANA. | Desta sala; y yo |
| | sé los pasos en que andas. |
| | ¿Quién le trajo a que me viese? |
| | ¿Con quién habla de vosotras? | 190 |

---

166 *vuseñoría:* «vuestra señoría». También adopta la forma *vusiñoría* (en los vv. 598, 697, 2951...). *Señoría* era tratamiento que se daba a «las personas constituidas en dignidad» *(Aut.).* No por ello deja Lope de emplear, cuando le conviene para la cuenta silábica, «vuestra señoría» (vv. 2108, 2228, 2960).

173 *si quieres tener remedio:* «si quieres reparar el daño».

184 G acota tras el nombre de Marcela: *«(Ap. a Anarda)».*

*bravo:* «metafóricamente se llaman las cosas y acciones que indican o manifiestan fiereza, horror o terribilidad» *(Aut.).*

*inquisición:* «averiguación, diligencias para averiguar algo».

| | |
|---|---|
| ANARDA. | No creas tú que en nosotras |
| | tal atrevimiento hubiese. |
| | ¡Hombre, para verte a ti, |
| | había de osar traer |
| | criada tuya, ni hacer 195 |
| | esa traición contra ti! |
| | No, señora, no lo entiendes. |
| DIANA. | Espera, apártate más, |
| | porque a sospechar me das |
| | si engañarme no pretendes, 200 |
| | que por alguna criada |
| | este hombre ha entrado aquí. |
| ANARDA. | El verte, señora, ansí, |
| | y justamente enojada, |
| | dejada toda cautela, 205 |
| | me obliga a decir verdad, |
| | aunque contra el amistad |
| | que profeso con Marcela. |
| | Ella tiene a un hombre amor, |
| | y él se le tiene también, 210 |
| | mas nunca he sabido quién. |
| DIANA. | Negarlo, Anarda, es error. |
| | Ya que confiesas lo más, |
| | ¿para qué niegas lo menos? |
| ANARDA. | Para secretos ajenos 215 |
| | mucho tormento me das |
| | sabiendo que soy mujer, |
| | mas basta que hayas sabido |

193-196 Podrían ser también interrogativos los signos.

198 *apártate más:* Diana se aleja y retira con Anarda del resto de las mujeres para proseguir la conversación, que conviene que no sepan las demás.

202 *este hombre:* hiato.

203 *ansí:* «así». En Lope, esa forma arcaica alterna libremente con *así*. Véanse también vv. 999, 2024... En los vv. 756, 1149, 1227, 2155, 2248, 2490... se encuentra la forma *así*.

207 *el amistad:* era frecuente el empleo de *el* ante sustantivos femeninos con *a-* inicial átona; cfr. v. 724, *el aurora*. Pero Lope también utiliza el uso consagrado: *la amistad* (v. 519), *la aurora* (v. 899). Aunque ese *el* masculino etimológicamente no era sino *ela* (< *illa),* femenino abreviado ante vocal.

214 Lectura de B; M lee: «*¿para que me niegas lo menos?*»

|         |                                 |     |
|---------|---------------------------------|-----|
|         | que por Marcela ha venido.      |     |
|         | Bien te puedes recoger,         | 220 |
|         | que es sólo conversación,       |     |
|         | y ha poco que se comienza.      |     |
| DIANA.  | ¡Hay tan cruel desvergüenza!    |     |
|         | ¡Buena andará la opinión        |     |
|         | de una mujer por casar!         | 225 |
|         | ¡Por el siglo, infame gente,    |     |
|         | del conde mi señor!             |     |
| ANARDA. |                          Tente, |     |
|         | y déjame disculpar,             |     |
|         | que no es de fuera de casa      |     |
|         | el hombre que habla con ella,   | 230 |
|         | ni para venir a vella           |     |
|         | por esos peligros pasa.         |     |
| DIANA.  | En efeto, ¿es mi criado?        |     |
| ANARDA. | Sí, señora.                     |     |
| DIANA.  |                       ¿Quién?   |     |
| ANARDA. |                        Teodoro. |     |
| DIANA.  | ¿El secretario?                 |     |
| ANARDA. |                       Yo ignoro | 235 |
|         | lo demás; sé que han hablado.   |     |

---

226 *por el siglo...:* «frase baja, con que se jura por la vida de alguno, especialmente cuando se amenaza, o promete hacer algún mal» *(Aut.)*.

227 *tente:* «detente». Tener «significa también detener y parar».

231 *vella:* «verla».

233 *efeto:* «efecto», igual que en varios versos más en esta misma comedia (582, 584...). Los principales teóricos de la lengua reducían, en la época áurea, los grupos consonánticos cultos a su segunda consonante para asimilarlos a los usos de la pronunciación romance: en este caso el grupo *-ct-*. Los grupos latinos se restablecerán posteriormente por presión culta, aunque se mantendrán los grupos reducidos en el habla vulgar. Lope utilizaba ambas formas habitualmente; *defeto* (415, 418, 504, 534, 911...) alterna con *defecto* en esta misma obra (v. 1069); también sufren reducción términos como *conceto* (véase nota al v. 801); *perfeto,* 937 (que alterna con *perfecta,* 1230), o *vitoria,* 1758, 1865 y 3063.

*mi criado:* «criado mío»; el eje clave de la pieza es la condición social de Teodoro, inferior a la de Diana.

234 *Teodoro,* con sinéresis, es trisílaba para la cuenta métrica.

235 *secretario:* «la persona a quien se encarga la escritura de cartas, correspondencias, manejo y dirección principal de los negocios de algún príncipe,

| | |
|---|---|
| DIANA. | Retírate, Anarda, allí. |
| ANARDA. | Muestra aquí tu entendimiento. |
| DIANA. | Con más templanza me siento, |
| | sabiendo que no es por mí. 240 |
| | ¡Marcela! |
| MARCELA. | ¿Señora?... |
| DIANA. | Escucha. |
| MARCELA. | ¿Qué mandas? (Temblando llego.) |
| DIANA. | ¿Eres tú de quien fiaba |
| | mi honor y mis pensamientos? |
| MARCELA. | Pues ¿qué te han dicho de mí, 245 |
| | sabiendo tú que profeso |
| | la lealtad que tú mereces? |
| DIANA. | ¿Tú? ¿Lealtad? |
| MARCELA. | ¿En qué te ofendo? |
| DIANA. | ¿No es ofensa que en mi casa, |
| | y dentro de mi aposento, 250 |
| | entre un hombre a hablar contigo? |
| MARCELA. | Está Teodoro tan necio |
| | que donde quiera me dice |
| | dos docenas de requiebros. |
| DIANA. | ¿Dos docenas? ¡Bueno a fe! 255 |
| | Bendiga el buen año el cielo, |
| | pues se venden por docenas. |
| MARCELA. | Quiero decir que, en saliendo |
| | o entrando, luego a la boca |
| | traslada sus pensamientos. 260 |

---

señor, caballero u comunidad... Por extensión se llama el que escribe a mano lo que otro le dicta...» *(Aut.)*. En las pequeñas cortes nobiliarias era un puesto oficial que el propio Lope desempeñó en distintas casas: con los marqueses de Navas y de Malpica, y los duques de Alba y de Sessa. Lo desempeñaban personas de una cultura superior, escritores y humanistas, y el cargo gozaba de cierto prestigio social.

239 G añade acotación: «Diana *(Ap.)*», que llega hasta el v. 241.

239-240 Aquí empieza el juego de mentiras y encubrimientos de Diana.

242 G añade acotación: «Marcela. ¿Qué mandas? *(Ap.)* Temblando llego».

247-248 *lealtad:* con sinéresis, bisílaba.

260 *traslada:* Diana entiende en sentido recto la acepción que más directamente incumbe a un secretario: «vale también copiar con puntualidad, o escribir en alguna parte lo que en otra está escrito» (cfr. nota v. 235).

| | |
|---|---|
| DIANA. | ¿Traslada? Término extraño. |
| | ¿Y qué te dice? |
| MARCELA. | No creo |
| | que se me acuerda. |
| DIANA. | Sí hará. |
| MARCELA. | Una vez dice: «Yo pierdo |
| | el alma por esos ojos». 265 |
| | Otra: «Yo vivo por ellos; |
| | esta noche no he dormido |
| | desvelando mis deseos |
| | en tu hermosura». Otra vez |
| | me pide sólo un cabello 270 |
| | para atarlos, porque estén |
| | en su pensamiento quedos. |
| | Mas ¿para qué me preguntas |
| | niñerías? |
| DIANA. | Tú a lo menos |
| | bien te huelgas. |
| MARCELA. | No me pesa, 275 |
| | porque de Teodoro entiendo |
| | que estos amores dirige |
| | a fin tan justo y honesto |
| | como el casarse conmigo. |
| DIANA. | Es el fin del casamiento 280 |
| | honesto blanco de amor |
| | ¿Quieres que yo trate desto? |
| MARCELA. | ¡Qué mayor bien para mí! |
| | Pues ya, señora, que veo |
| | tanta blandura en tu enojo 285 |
| | y tal noblezaa en tu pecho, |
| | te aseguro que le adoro, |
| | porque es el mozo más cuerdo, |

---

273 *holgar:* «vale también celebrar, tener gusto, contento y placer de alguna cosa, alegrarse de ella» *(Aut.).* «Huélgome de conoceros, basta que tenéis
humor» (Lope de Vega, *El desdén vengado,* Acad. XV, pág. 407).
285 *enojo:* «significa de lo antiguo, injuria, ofensa, daño», «llámase enojo-
so lo que nos da pena y sinsabor, y particularmente nos inquieta cualquier
cosa que nos da lástima en los ojos» *(Aut.).*

|           | más prudente y entendido,              |     |
|           | más amoroso y discreto                 | 290 |
|           | que tiene aquesta ciudad.              |     |
| DIANA.    | Ya sé yo su entendimiento,             |     |
|           | del oficio en que me sirve.            |     |
| MARCELA.  | Es diferente el sujeto                 |     |
|           | de una carta, en que le pruebas        | 295 |
|           | a dos títulos tus deudos,              |     |
|           | o el verle hablar más de cerca         |     |
|           | en estilo dulce y tierno               |     |
|           | razones enamoradas.                    |     |
| DIANA.    | Marcela, aunque me resuelvo            | 300 |
|           | a que os caséis cuando sea             |     |
|           | para ejecutarlo tiempo,                |     |
|           | no puedo dejar de ser                  |     |
|           | quien soy, como ves que debo           |     |
|           | a mi generoso nombre,                  | 305 |
|           | porque no fuera bien hecho             |     |
|           | daros lugar en mi casa.                |     |
|           | Sustentar mi enojo quiero,             |     |
|           | pues que ya todos le saben;            |     |
|           | tú podrás con más secreto              | 310 |
|           | proseguir ese tu amor,                 |     |
|           | que en la ocasión yo me ofrezco        |     |
|           | a ayudaros a los dos:                  |     |
|           | que Teodoro es hombre cuerdo           |     |
|           | y se ha criado en mi casa,             | 315 |
|           | y a ti, Marcela, te tengo              |     |

---

294-296 M. «*Es diferente el sujeto/ de una carta, en que le pruebas/...*»; G: «*... en que les pruebas/ a dos títulos tu deudo,/ de verle hablar...*»

*sujeto:* «materia, asunto» *(Aut.)*.

*deudos:* «vale también parentesco; y así tener deudo con uno es lo mismo que ser su pariente» *(Aut.)*. Marcela indica a Diana que no es lo mismo el secretario que tiene que probar en un documento parentescos a dos personas de título que el hombre que habla de amor.

305 *generoso:* «noble y de ilustre prosapia» *(Aut.)*, como en los vv. 1602, 2106, 2597, etc.; *nombre:* «apellido».

308 G añade acotación: «*(Ap.)* Sustentar mi enojo quiero...»

|            | la obligación que tú sabes |       |
|            | y no poco parentesco. |       |
| MARCELA.   | A tus pies tienes tu hechura. |       |
| DIANA.     | Vete. |       |
| MARCELA.   | Mil veces los beso. | 320 |
| DIANA.     | Dejadme sola. |       |
| ANARDA.    | ¿Qué ha sido? |       |
| MARCELA.   | Enojos en mi provecho. |       |
| DOROTEA.   | ¿Sabe tus secretos ya? |       |
| MARCELA.   | Sí sabe, y que son honestos. |       |

*(Háganle tres reverencias y váyanse.)*

DIANA *(sola).*   Mil veces he advertido en la belleza,   325
gracia y entendimiento de Teodoro,
que, a no ser desigual a mi decoro,
estimara su ingenio y gentileza.

    Es el amor común naturaleza,
mas yo tengo mi honor por más tesoro;   330
que los respetos de quien soy adoro
y aun el pensarlo tengo por bajeza.

    La envidia bien sé yo que ha de quedarme,
que, si la suelen dar bienes ajenos,
bien tengo de que pueda lamentarme,   335

---

319 *hechura*: «Vale también la forma o figura de alguna cosa...» «Translaticiamente se dice de la persona a quien otra ha puesto en algún empleo de honor y conveniencia, que confiesa a él su fortuna y el ser hombre» *(Aut.)*. «Para dar a entender que un señor ha valido a cualquiera persona, y se ha puesto en estado y honor decimos ser éste tal hechura suya, y para mayor encarecimiento e hipérbole decimos ser criatura suya, y que le debe el ser» *(Covarrubias)*. Lo mismo en el v. 512.

321 G añade acotación tras el nombre de Anarda: «*(Aparte a Marcela)*».

325-338 El soneto contiene todas las claves de *El perro*: prendas de Teodoro, honor que impide el amor, la envidia y la diferencia de clase social.

327 *que*: «porque»; igual en 344.

329 *naturaleza*: «calidad o propiedad de las cosas» *(Aut.)*.

331 «Que los respetos que debo a quien yo soy, a mi nobleza y honor».

335 *bien tengo*: «mis propios bienes», en oposición a los «ajenos» del verso anterior, son los que motivan la envidia de Diana, pues es su condición social la que impide su amor por Teodoro.

<blockquote>
porque quisiera yo que, por lo menos,<br>
Teodoro fuera más, para igualarme,<br>
o yo, para igualarle, fuera menos.
</blockquote>

*(Sale* TEODORO *y* TRISTÁN.)

| | | |
|---|---|---|
| TEODORO. | No he podido sosegar. | |
| TRISTÁN. | Y aun es con mucha razón; | 340 |
| | que ha de ser tu perdición | |
| | si lo llega a averiguar. | |
| | Díjete que la dejaras | |
| | acostar, y no quisiste. | |
| TEODORO. | Nunca el amor se resiste. | 345 |
| TRISTÁN. | Tiras, pero no reparas. | |
| TEODORO. | Los diestros lo hacen ansí. | |
| TRISTÁN. | Bien sé yo que si lo fueras | |
| | el peligro conocieras. | |
| TEODORO. | ¿Si me conoció? | |
| TRISTÁN. | No y sí, | 350 |
| | que no conoció quién eras, | |
| | y sospecha le quedó. | |
| TEODORO. | Cuando Fabio me siguió | |
| | bajando las escaleras, | |
| | fue milagro no matalle. | 355 |
| TRISTÁN. | ¡Qué lindamente tiré | |
| | mi sombrero a la luz! | |
| TEODORO. | Fue | |
| | detenelle y deslumbralle, | |
| | porque, si adelante pasa, | |
| | no le dejara pasar. | 360 |
| TRISTÁN. | Dije a la luz al bajar: | |

---

338 G añade al final: *«(Vase)»*.

346 Juega Lope con términos de esgrima: *tirar:* «lanzar una estocada»; *reparar:* «oponer alguna defensa contra el golpe, para resguardarse de él»; «precaver algún daño o perjuicio»; y también el sentido de «advertir, considerar, reflexionar» *(Aut.)*.

347-348 *diestro:* nuevo juego con el doble sentido del término: «que utiliza la mano derecha para la espada», y «hábil».

«Di que no somos de casa»,
y respondióme: «Mentís.»
Alzo y tiréle el sombrero.
¿Quedé agraviado?

TEODORO.                           Hoy espero      365
mi muerte.

TRISTÁN.                Siempre decís
esas cosas los amantes
cuando menos pena os dan.

TEODORO.   Pues ¿qué puedo hacer, Tristán,
en peligros semejantes?          370

TRISTÁN.     Dejar de amar a Marcela,
pues la condesa es mujer
que, si lo llega a saber,
no te ha de valer cautela
para no perder su casa.          375

TEODORO.   ¿Y no hay más sino olvidar?

TRISTÁN.   Liciones te quiero dar
de cómo el amor se pasa.

TEODORO.    ¿Ya comienzas desatinos?

TRISTÁN.   Con arte se vence todo;      380
oye, por tu vida, el modo
por tan fáciles caminos.
    Primeramente has de hacer
resolución de olvidar,
sin pensar que has de tornar      385
eternamente a querer.
    Que si te queda esperanza
de volver, no habrá remedio
de olvidar, que si está en medio
la esperanza, no hay mudanza.      390
    ¿Por qué piensas que no olvida
luego un hombre a una mujer?

---

364 La diferencia de tiempo verbal acelera y presta mayor viveza al relato.

377 *liciones*: «lecciones». En el siglo áureo coexisten ambas formas, con retroceso de la primera.

378 *se pasa:* «se olvida o se borra» *(Aut.).*

392 *luego:* «al instante, sin dilación» *(Aut.);* igual en el v. 406 y otros.

Porque, pensando volver,
va entreteniendo la vida.
　　Ha de haber resolución 395
dentro del entendimiento,
con que cesa el movimiento
de aquella imaginación.
　　¿No has visto faltar la cuerda
de un reloj, y estarse quedas 400
sin movimiento las ruedas?
Pues desa suerte se acuerda
　　el que tienen las potencias,
cuando la esperanza falta.

TEODORO.　Y la memoria, ¿no salta 405
luego a hacer mil diligencias,
　　despertando el sentimiento
a que del bien no se prive?

TRISTÁN.　Es enemigo que vive
asido al entendimiento, 410
　　como dijo la canción
de aquel español poeta,
mas por eso es linda treta
vencer la imaginación.

TEODORO.　¿Cómo?

TRISTÁN.　　　　　Pensando defetos, 415
y no gracias; que olvidando
defetos están pensando,
que no gracias, los discretos.
　　No la imagines vestida
con tan linda proporción 420
de cintura, en el balcón
de unos chapines subida.

---

394 *entretener:* «significa también hacer menos sensible o molesta alguna
cosa, o hacer que se pase con menos trabajo, o con algún gusto» *(Aut.).*

402 *acordar:* «concordar»; el movimiento de las potencias, cuando falta la
esperanza, concuerda con lo que ocurre con el reloj cuando falta la cuerda.

415, 417, 433, 440 *defeto:* «defecto»; cfr. la nota al v. 233.

422 *chapines:* «calzado propio de mujeres, sobrepuesto al zapato, para levantar el cuerpo del suelo; y por eso el asiento es de corcho, de cuatro dedos,
o más, de alto, en que se asegura al pie con unas correhuelas o cordones. La

Toda es vana arquitectura,
porque dijo un sabio un día
que a los sastres se debía                                      425
la mitad de la hermosura.
　　Como se ha de imaginar
una mujer semejante,
es como un disciplinante
que le llevan a curar.                                          430
　　Esto sí, que no adornada
del costoso faldellín;
pensar defetos, en fin,
es medecina aprobada.
　　Si de acordarte que vías                                     435
alguna vez una cosa
que te pareció asquerosa,
no comes en treinta días,
　　acordándote, señor,
de los defetos que tiene,                                       440
si a la memoria te viene
se te quitará el amor.

TEODORO.　　¡Qué grosero cirujano!
¡Qué rústica curación!
Los remedios al fin son                                         445
como de tu tosca mano.

---

suela es redonda, en que se distingue de las chinelas. Hoy sólo tiene uso en
los inviernos, para que levantados los pies del suelo, aseguren los vestidos de
la inmundicia de los lodos, y las plantas de la humedad» *(Aut.)*. Una viajera
francesa, Mme. d'Aulnoy, los describe en 1679 como «pequeñas sandalias,
dentro de las cuales se mete el zapato, y que las levantan extraordinariamen-
te del suelo». Eran obligados en esa fecha delante de la reina.

429 *disciplinante*: «llámase frecuentemente así el que se va azotando para
andar con más mortificación las estaciones, y seguir las procesiones en cua-
resma y otros tiempos. Comúnmente van cubiertos de una túnica blanca,
que deja desnudas las espaldas, las que se hieren o llagan y azotan con un ra-
mal ordinariamente de hilo...» *(Aut.)*.

432 *faldellín*: «ropa interior que traen las mujeres de la cintura abajo, y tiene la abertura por delante, y viene a ser lo mismo que lo que comúnmente
se llama brial o guardapiés» *(Aut.)*.

435 *vías*: «veías».

442 M: *«quitara»*.

Médico impírico eres;
no has estudiado, Tristán.
Yo no imagino que están
desa suerte las mujeres,                                    450
        sino todas cristalinas,
como un vidro trasparentes.

TRISTÁN.    ¡Vidro! Sí, muy bien lo sientes,
si a verlas quebrar caminas;
        mas si no piensas pensar                            455
defetos, pensarte puedo,
porque ya he perdido el miedo
de que podrás olvidar.
        Pardiez, yo quise una vez,
con esta cara que miras,                                    460
a una alforja de mentiras,
años cinco veces diez;
        y entre otros dos mil defetos,
cierta barriga tenía
que encerrar dentro podía,                                  465
sin otros mil parapetos,
        cuantos legajos de pliegos
algún escritorio apoya,
pues como el caballo en Troya
pudiera meter los griegos.                                  470
        ¿No has oído que tenía
cierto lugar un nogal,

---

447 *impírico:* «empírico»: «El médico que cura por sola experiencia, sin haber estudiado la facultad de la Medicina, no haciendo caso de saber las complexiones y naturalezas de los hombres, y poniendo cuidado en investigar las causas de las enfermedades» *(Aut.).*
452 *vidro:* «vidrio, objeto, vaso de cristal».
462 «De cincuenta años».
466 *parapetos:* «significa también la pared o baranda que se pone para defensa en los puentes, escaleras, etc.» *(Aut.).* Por la alusión a *escritorio* del verso 468, se ha supuesto que se refiere a las barandillas que rematan los bargueños.
468 *apoya:* «sustenta, sostiene».
472 *lugar:* «vale también ciudad, villa o aldea, si bien rigurosamente se entiende por lugar a población pequeña, que es menor que villa y más que aldea» *(Aut.).*

que en el tronco un oficial
con mujer y hijos cabía,
    y aun no era la casa escasa?                475
Pues desa misma manera,
en esta panza cupiera
un tejedor y su casa.
    Y queriéndola olvidar
(que debió de convenirme),                      480
dio la memoria en decirme
que pensase en blanco azar,
    en azucena y jazmín,
en marfil, en plata, en nieve,
y en la cortina, que debe                       485
de llamarse el faldellín,
    con que yo me deshacía,
mas tomé más cuerdo acuerdo,
y di en pensar, como cuerdo,
lo que más le parecía:                          490
    cestos de calabazones,
baúles viejos, maletas
de cartas para estafetas,
almofrejes y jergones;
    con que se trocó en desdén                  495
el amor y la esperanza,
y olvidé la dicha panza
por siempre jamás amén;

---

473 *que en el tronco:* «en cuyo tronco».
474 Aunque Covarrubias ya proponía la *e* ante *i-* o *hi-*, Lope siempre emplea *y*.
482 *azar:* «azahar». Las sinéresis *azar* y *azares* son las formas que habitualmente utiliza Lope. En este y los versos siguientes Tristán se burla de los tópicos de la lírica barroca para el color ideal de la mujer.
485 *cortina:* «metafóricamente se toma por cualquier cosa no material, que oculta, encubre o disimula otra». En *faldellín,* del verso siguiente, probablemente haya una alusión sexual.
490 *le parecía:* «se le parecía», se asemejaba
494 *almofrej:* «bolsa cuadrada, y más larga que ancha, donde cabe un transportín, o colchón pequeño, que llevan para cama los que caminan o navegan» *(Aut.).*

|          | que era tal, que en los dobleces |     |
|----------|----------------------------------|-----|
|          | (y no es mucho encarecer)        | 500 |
|          | se pudieran esconder             |     |
|          | cuatro manos de almireces.       |     |
| TEODORO. | En las gracias de Marcela        |     |
|          | no hay defetos que pensar.       |     |
|          | Yo no la pienso olvidar.         | 505 |
| TRISTÁN. | Pues a tu desgracia apela,       |     |
|          | y sigue tan loca empresa.        |     |
| TEODORO. | Toda es gracias: ¿qué he de hacer? |   |
| TRISTÁN. | Pensarlas hasta perder           |     |
|          | la gracia de la condesa.         | 510 |

*(Sale la condesa.)*

| DIANA.   | Teodoro...                       |     |
| TEODORO. | La misma es.                     |     |
| DIANA.   | Escucha.                         |     |
| TEODORO. | A tu hechura manda.              |     |
| TRISTÁN. | Si en averiguarlo anda,          |     |
|          | de casa volamos tres.            |     |
| DIANA.   | Hame dicho cierta amiga          | 515 |
|          | que desconfía de sí,             |     |
|          | que el papel que traigo aquí     |     |
|          | le escriba; a hacerlo me obliga  |     |
|          | la amistad, aunque yo ignoro,    |     |
|          | Teodoro, cosas de amor,          | 520 |
|          | y que le escribas mejor          |     |
|          | vengo a decirte, Teodoro.        |     |
|          | Toma y léele.                    |     |
| TEODORO. | Si aquí,                         |     |
|          | señora, has puesto la mano,      |     |
|          | igualarle fuera en vano,         | 525 |
|          | y fuera soberbia en mí.          |     |

---

511 G acota tras el nombre de Teodoro como personaje: *«(Ap.)»*.
513 G acota tras el nombre de Tristán: *«(Ap.)»*.
517, 594 *papel:* carta.
523 *léele:* sigo a G, que guarda la medida; M y B: *«Lee, lee»*.

|           | Sin verle, pedirte quiero |     |
|           | que a esa señora le envíes. |     |
| DIANA.    | Léele. |     |
| TEODORO.  | Que desconfíes |     |
|           | me espanto; aprender espero | 530 |
|           | estilo que yo no sé; |     |
|           | que jamás traté de amor. |     |
| DIANA.    | ¿Jamás, jamás? |     |
| TEODORO.  | Con temor |     |
|           | de mis defetos, no amé, |     |
|           | que soy muy desconfiado. | 535 |
| DIANA.    | Y se puede conocer |     |
|           | de que no te dejas ver, |     |
|           | pues que te vas rebozado. |     |
| TEODORO.  | ¡Yo, señora! ¿Cuándo o cómo? |     |
| DIANA.    | Dijéronme que salió | 540 |
|           | anoche acaso, y te vio |     |
|           | rebozado el mayordomo. |     |
| TEODORO.  | Andaríamos burlando |     |
|           | Fabio y yo, como solemos, |     |
|           | que mil burlas nos hacemos. | 545 |
| DIANA.    | Lee, lee. |     |
| TEODORO.  | Estoy pensando |     |
|           | que tengo algún envidioso. |     |
| DIANA.    | Celoso podría ser. |     |
|           | Lee, lee. |     |
| TEODORO.  | Quiero ver |     |
|           | ese ingenio milagroso. | 550 |

*Lea.* «Amar por ver amar, envidia ha sido,
y primero que amar estar celosa
es invención de amor maravillosa
y que por imposible se ha tenido.

»De los celos mi amor ha procedido 555
por pesarme que, siendo más hermosa,

---

529 M y G: *«Lee, lee»,* lo cual haría nueve sílabas para el verso.

538 *rebozado:* «arrebozado, cubierto el rostro con un cabo o lado de la capa» *(Aut.).*

541 *acaso:* casualmente.

                    no fuese en ser amada tan dichosa
                    que hubiese lo que envidio merecido.
                    »Estoy sin ocasión desconfiada,
                    celosa sin amor, aunque sintiendo;                    560
                    debo de amar, pues quiero ser amada.
                    »Ni me dejo forzar ni me defiendo;
                    darme quiero a entender sin decir nada;
                    entiéndame quien puede; yo me entiendo.»
DIANA.          ¿Qué dices?
TEODORO.                      Que si esto es                          565
                    a propósito del dueño,
                    no he visto cosa mejor,
                    mas confieso que no entiendo
                    cómo puede ser que amor
                    venga a nacer de los celos,                        570
                    pues que siempre fue su padre.
DIANA.          Porque esta dama sospecho
                    que se agradaba de ver
                    este galán, sin deseo,
                    y viéndole ya empleado                             575
                    en otro amor, con los celos
                    vino a amar y a desear.
                    ¿Puede ser?
TEODORO.                      Yo lo concedo;
                    mas ya esos celos, señora,
                    de algún principio nacieron,                       580
                    y ése fue amor; que la causa
                    no nace de los efetos,
                    sino los efetos della.
DIANA.          No sé, Teodoro; esto siento
                    desta dama, pues me dijo                           585
                    que nunca al tal caballero
                    tuvo más que inclinación,
                    y en viéndole amar salieron

---

557-558 Kossoff lo traduce: «no fuese yo tan dichosa en ser amada que hubiese merecido lo que envidio».

588 M: *amor*, corregido en la fe de erratas, mientras B «amar», que no corrige, lo mismo que en los versos 1647 y 1653.

|            | al camino de su honor |     |
|------------|----------------------|-----|
|            | mil salteadores deseos, | 590 |
|            | que le han desnudado el alma | |
|            | del honesto pensamiento | |
|            | con que pensaba vivir. | |
| TEODORO.   | Muy lindo papel has hecho; | |
|            | yo no me atrevo a igualarle. | 595 |
| DIANA.     | Entra y prueba. | |
| TEODORO.   | No me atrevo. | |
| DIANA.     | Haz esto, por vida mía. | |
| TEODORO.   | Vusiñoría con esto | |
|            | quiere probar mi ignorancia. | |
| DIANA.     | Aquí aguardo; vuelve luego. | 600 |
| TEODORO.   | Yo voy. | |
| DIANA.     | Escucha, Tristán. | |
| TRISTÁN.   | A ver lo que mandas vuelvo, | |
|            | con vergüenza destas calzas; | |
|            | que el secretario, mi dueño, | |
|            | anda falido estos días, | 605 |
|            | y hace mal un caballero, | |
|            | sabiendo que su lacayo | |
|            | le va sirviendo de espejo, | |
|            | de lucero y de cortina, | |
|            | en no traerle bien puesto. | 610 |
|            | Escalera del señor | |
|            | si va a caballo, un discreto | |
|            | nos llamó, pues a su cara | |

---

598 *vusiñoría:* cfr. la nota al v. 165.

601 G acota: «*Yo voy. (Vase.)*».

605 *falido:* «el que ha quebrado y faltado a su crédito» *(Aut.),* arruinado, significación que refuerzan más abajo los vv. 617-618, frente a la lectura *salido* (cachondo) de Kohler.

607 *lacayo:* «el criado de escalera abajo y de librea, cuyo ejercicio es seguir a su amo cuando va a pie, a caballo o en coche» *(Aut.).*

609 *lucero:* «metafóricamente vale esplendor y lustre»; *cortina:* «metafóricamente se toma por cualquier cosa no material que oculta, encubre o disimula a otra» *(Aut.).*

611-612 Aunque admite la interpretación al pie de la letra, Kossoff explica estos dos versos «sencillamente [...] que [el lacayo] sirve de intermedio a quienes quieren hablar con él [el señor]».

|           | se sube por nuestros cuerpos. |     |
|-----------|-------------------------------|-----|
|           | No debe de poder más.         | 615 |
| DIANA.    | ¿Juega?                       |     |
| TRISTÁN.  | ¡Pluguiera a los cielos!      |     |

Que a quien juega, nunca faltan
desto o de aquello dineros.
Antiguamente los reyes
algún oficio aprendieron,                     620
por si en la guerra o la mar
perdían su patria y reino
saber con qué sustentarse.
¡Dichosos los que pequeños
aprendieron a jugar!                          625
Pues, en faltando, es el juego
un arte noble que gana
con poca pena el sustento.
Verás un grande pintor,
acrisolando el ingenio,                       630
hacer una imagen viva
y decir el otro necio
que no vale diez escudos;
y que el que juega, en diciendo:
«Paro», con salir la suerte,                  635
le sale a ciento por ciento.

| DIANA.   | En fin, ¿no juega?          |
|----------|-----------------------------|
| TRISTÁN. | Es cuitado.                 |
| DIANA.   | A la cuenta será cierto     |
|          | tener amores.               |

---

626 *en faltando:* «faltar»: «se dice también de la cosa de que se necesita y carece de ella» *(Aut.);* sufrir necesidad.

632 *el otro necio:* «algún necio».

635 *paro:* «parar en el juego, poner el dinero contra el otro, que llaman el juego del parar» *(Covarrubias);* «parar»: juego de naipes que se hace entre muchas personas, sacando el que le lleva una carta de la baraja, a la cual apuestan lo que quieren los demás (que si es encuentro como de Rey y Rey, gana el que lleva el naipe) y si sale primero la de este, gana la parada, y la pierde si sale el de los paradores» *(Aut.).*

637 *cuitado:* «apocado, corto de ánimo» *(Aut.).*

638 *a la cuenta:* aquí «entonces, luego».

| | |
|---|---|
| TRISTÁN. | ¡Amores! |
| | ¡Oh qué donaire! Es un hielo. 640 |
| DIANA. | Pues un hombre de su talle, |
| | galán, discreto y mancebo, |
| | ¿no tiene algunos amores |
| | de honesto entretenimiento? |
| TRISTÁN. | Yo trato en paja y cebada, 645 |
| | no en papeles y requiebros. |
| | De día te sirve aquí; |
| | que está ocupado sospecho. |
| DIANA. | Pues ¿nunca sale de noche? |
| TRISTÁN. | No le acompaño; que tengo 650 |
| | una cadera quebrada. |
| DIANA. | ¿De qué, Tristán? |
| TRISTÁN. | Bien te puedo |
| | responder lo que responden |
| | las malcasadas, en viendo |
| | cardenales en su cara 655 |
| | del mojicón de los celos: |
| | «Rodé por las escaleras.» |
| DIANA. | ¿Rodaste? |
| TRISTÁN. | Por largo trecho. |
| | Con las costillas conté |
| | los pasos. |
| DIANA. | Forzoso es eso, 660 |
| | si a la lámpara, Tristán, |
| | le tirabas el sombrero. |
| TRISTÁN. | ¡Oxte, puto! ¡Vive Dios, |
| | que se sabe todo el cuento! |

---

641 *talle:* «traza, aire, hechura». Compárese: «El lenguaje, no entendido de las señoras y el mal talle de nuestro caballero, acrecentaba en ellas la risa» (Cervantes, *Don Quijote*).

656 *mojicón de los celos:* el puñetazo del marido ante las quejas celosas de la mujer.

660 *paso:* véase nota al v. 56.

663 G acota tras el nombre de Tristán: «*(Ap.)*».

*oxte:* «aparta, no te acerques, quítate. Úsase de esta voz con alguna vehemencia, y muy comúnmente cuando tomamos en las manos alguna cosa que está muy caliente, o la probamos» *(Aut.)*. Para Covarrubias, es palabra bárba-

70

| | |
|---|---|
| DIANA. | ¿No respondes? |
| TRISTÁN. | Por pensar     665 |

cuándo..., pero ya me acuerdo:
anoche andaban en casa
unos murciélagos negros:
el sombrero los tiraba;
fuese a la luz uno de ellos,     670
y acerté, por dar en él,
en la lámpara, y tan presto
por la escalera rodé
que los dos pies se me fueron.

DIANA.  Todo está muy bien pensado,     675
pero un libro de secretos
dice que es buena la sangre
para quitar el cabello
(desos murciégalos digo),
y haré yo sacarla luego,     680
si es cabello la ocasión,
para quitarla con ellos.

TRISTÁN.  ¡Vive Dios, que hay chamusquina,
y que por murciegalero
me pone en una galera!     685

---

ra, pero muy usada, en la misma situación descrita por *Aut*. «Unida esa voz a *puto*, es frase hecha a la que no afecta el sentido que *puto* tiene de 'homosexual'».

**668** *murciélago*: en el siglo áureo se emplea también otra forma más antigua, *murciégalo*; ambos coexisten, como puede verse en el v. 679.

**675-682** El juego de estos versos parafrasea la expresión «asir la ocasión por la melena, o por los cabellos: Frase que vale usar a su tiempo de la oportunidad que se ofrece delante, para hacer o intentar alguna cosa, de que resulta provecho y utilidad...» *(Aut.)*. La alusión es sentida por Tristán (683-685) como amenaza.

*libro de secretos*: de procedimientos secretos; *secreto*: «se toma asimismo por la noticia particular, ignorada de todos, que alguno tiene de la excelencia, virtud o propiedad de alguna cosa perteneciente a Medicina» *(Aut.)*: libro, por tanto, de recetas.

**683** G añade acotación: «*(Ap.)*».

*chamusquina*: la expresión «oler a chamusquina» vale también «tener sospecha de que alguno está indiciado de delito» *(Aut.)*.

**684** *murciegalero*: Lope juega a partir de la raíz *murciégalo*: sin embargo, el término que *Aut*. cita extraído del *Vocabulario* de Juan Hidalgo considera

DIANA.        ¡Qué traigo de pensamientos!

              *(Sale* FABIO.)

FABIO.        Aquí está el marqués Ricardo.
DIANA.        Poned esas sillas luego.

              *(Sale* RICARDO, *marqués, y* CELIO.)

RICARDO.          Con el cuidado que el amor, Diana,
              pone en un pecho que aquel fin desea      690
              que la mayor dificultad allana,
              el mismo quiere que te adore y vea;
              solicito mi causa, aunque por vana
              esta ambición algún contrario crea,
              que dando más lugar a su esperanza,       695
              tendrá menos amor que confianza.
                  Está vusiñoría tan hermosa
              que estar buena el mirarla me asegura;
              que en la mujer (y es bien pensada cosa)
              la más cierta salud es la hermosura;      700
              que en estando gallarda, alegre, airosa,
              es necedad, es ignorancia pura,
              llegar a preguntarle si está buena,
              que todo entendimiento la condena.
                  Sabiendo que lo estáis, como lo dice  705
              la hermosura, Diana, y la alegría,
              de mí, si a la razón no contradice,
              saber, señora, cómo estoy querría.
DIANA.        Que vuestra señoría solemnice
              lo que en Italia llaman gallardía          710

---

*murcigallero,* y *murciglero* : «ladrón que hurta a prima noche» ... «a los que están durmiendo», voces ambas de germanía, derivadas de *murcio.*

686 G acota tras el nombre de Diana: «*(Ap.)*».

*qué traigo de pensamientos:* «cuántos pensamientos traigo, cuántos pensamientos tengo».

688+ G añade al final de la acotación: «*(y vanse Fabio y Tristán)*».

689 El lenguaje barroco y conceptuoso de Ricardo sirve, sobre escena,
para ridiculizar al personaje.

por hermosura, es digno pensamiento
de su buen gusto y claro entendimiento.
     Que me pregunte cómo está, no creo
que soy tan dueño suyo que lo diga.

RICARDO.     Quien sabe de mi amor y mi deseo          715
el fin honesto, a este favor me obliga.
A vuestros deudos inclinados veo
para que en lo tratado se prosiga;
sólo falta, señora, vuestro acuerdo,
porque sin él las esperanzas pierdo.          720
     Si, como soy señor de aquel estado
que con igual nobleza heredé agora,
lo fuera desde el sur más abrasado
a los primeros paños del aurora;
si el oro, de los hombres adorado,          725
las congeladas lágrimas que llora
el cielo, o los diamantes orientales
que abrieron por el mar caminos tales,
     tuviera yo, lo mismo os ofreciera,
y no dudéis, señora, que pasara          730
adonde el sol apenas luz me diera,

---

714 *dueño:* «mujer a quien se ama, hablando el enamorado». La forma
masculina para designar a la amada respondía a la tradición antigua; los tro-
vadores provenzales la llamaban *midons,* en masculino. Por otro lado, *dueña*
tenía connotaciones negativas. Compárese con *La verdad sospechosa,* de Ruiz
de Alarcón: «Doña Lucrecia de Luna / se llama la más hermosa, / que es mi
dueño» (Ed. Millares, II, pág. 196).
715-736 Lope adjudica a Ricardo, con la intención burlona ya citada (v. 689),
un remedo del lenguaje gongorino, con calcos casi directos («en campañas de
sal pies de madera») que remiten a las *Soledades* y al *Polifemo.*
717 *deudos:* véase nota a los vv. 294-296.
721 *estado:* «dominio ... de un señor de vasallos» *(Aut.).*
724 *paño:* «Se llama asimismo aquel color bermejo causado de abundan-
cia de sangre o humor que inmuta el color natural de los ojos. Algunas veces
es una telilla blanca» *(Aut.).* «No sé si Lope, señala Kossoff, [...] no quería ha-
cerle parecer [al marqués] más ridículo insertando confusiones en su profesión de amor, porque normalmente la aurora indica el oriente. Pero tal vez
'los paños de la aurora' son en estilo culto los jirones de la aurora boreal y en
ese caso la idea del marqués es 'desde el sur al norte, desde el occidente al
oriente', si el oro (v. 725) simboliza las Indias [...] frente a las perlas *(congeladas lágrimas,* v. 726) y los diamantes (v. 727) del oriente».
*el aurora:* véase nota al v. 207.

|          | como a sólo serviros importara;                  |     |
|----------|--------------------------------------------------|-----|
|          | en campañas de sal pies de madera                |     |
|          | por las remotas aguas estampara,                 |     |
|          | hasta llegar a las australes playas,             | 735 |
|          | del humano poder últimas rayas.                  |     |
| DIANA.   | Creo, señor marqués, el amor vuestro;            |     |
|          | y satisfecha de nobleza tanta,                   |     |
|          | haré tratar el pensamiento nuestro               |     |
|          | si al conde Federico no le espanta.              | 740 |
| RICARDO. | Bien sé que en trazas es el conde diestro,       |     |
|          | porque en ninguna cosa me adelanta,              |     |
|          | mas yo fío de vos que mi justicia                |     |
|          | los ojos cegará de su malicia.                   |     |

*(Sale* TEODORO.*)*

| TEODORO. | Ya lo que mandas hice.                            |     |
| RICARDO. | Si ocupada                                        | 745 |
|          | vuseñoría está, no será justo                     |     |
|          | hurtarle el tiempo.                               |     |
| DIANA.   | No importara nada,                                |     |
|          | puesto que a Roma escribo.                        |     |
| RICARDO. | No hay disgusto                                   |     |
|          | como en día de cartas dilatada                    |     |
|          | visita.                                           |     |
| DIANA.   | Sois discreto.                                    |     |
| RICARDO. | En daros gusto.                                   | 750 |
|          | Celio ¿qué te parece?                             |     |
| CELIO.   | Que quisiera                                      |     |
|          | que ya tu justo amor premio tuviera.              |     |

*(Vase* RICARDO.*)*

---

740 M, B: «el conde».
741 *traza:* ingenio, invención o medio para salir de apuros o lograr la realización de un proyecto.
750-751 G añade acotación: «Ricardo. En daros gusto./ *(Ap. a él)*».
752 En G la acotación dice: «*(Vanse Ricardo y Celio)*».

| | |
|---|---|
| DIANA. | ¿Escribiste? |
| TEODORO. | Ya escribí, |

aunque bien desconfiado,
mas soy mandado y forzado.                        755

| | |
|---|---|
| DIANA. | Muestra. |
| TEODORO. | Lee. |
| DIANA. | Dice así *(lee):* |

«Querer por ver querer, envidia fuera,
si quien lo vio, sin ver amar no amara,
porque si antes de amar, no amar pensara,
después no amara puesto que amar viera.          760

»Amor, que lo que agrada considera
en ajeno poder, su amor declara;
que como la color sale a la cara.
sale a la lengua lo que al alma altera.

»No digo más, porque lo más ofendo           765
desde lo menos, si es que desmerezco
porque del ser dichoso me defiendo.

»Esto que entiendo solamente ofrezco;
que lo que no merezco no lo entiendo,
por no dar a entender que lo merezco.»           770

| | |
|---|---|
| DIANA. | Muy bien guardaste el decoro. |
| TEODORO. | ¿Búrlaste? |
| DIANA. | ¡Pluguiera a Dios! |
| TEODORO. | ¿Qué dices? |
| DIANA. | Que de los dos, |

el tuyo vence, Teodoro.

| | |
|---|---|
| TEODORO. | Pésame, pues no es pequeño             775 |

principio de aborrecer
un criado, el entender
que sabe más que su dueño.
De cierto rey se contó

---

760 *puesto que:* con valor adversativo, «aunque». «Deme vuestra alteza a mí, / puesto que indigna, los pies» (Lope de Vega, *El villano en su rincón,* Madrid, Castalia, pág. 99).

763 *la color:* desde la Edad Media, bastantes sustantivos abstractos terminados en *-or,* vacilaban en cuanto al género, con predominio del femenino, que en la actualidad es vulgar. Véase también el v. 1103.

779 Para Kohler, la fuente del cuento sería Antonio Pérez.

que le dijo a un gran privado:            780
«Un papel me da cuidado,
y si bien le he escrito yo
    quiero ver otro de vos,
y el mejor escoger quiero.»
Escribióle el caballero,                  785
y fue el mejor de los dos.
    Como vio que el rey decía
que era su papel mejor,
fuese, y díjole al mayor
hijo, de tres que tenía:                  790
    «Vámonos del reino luego,
que en gran peligro estoy yo.»
El mozo le preguntó
la causa, turbado y ciego;
    y respondióle: «Ha sabido             795
el rey que yo sé más que él.»
Que es lo que en este papel
me puede haber sucedido.

DIANA.         No, Teodoro, que aunque digo
que es el tuyo más discreto,              800
es porque sigue el conceto
de la materia que sigo,
    y no para que presuma
tu pluma que, si me agrada,
pierdo el estar confiada                  805
de los puntos de mi pluma.
    Fuera de que soy mujer
a cualquier error sujeta,
y no sé si muy discreta,
como se me echa de ver.                   810
    Desde lo menos aquí,

---

782 La puntuación es de G.
*si:* «aunque».
797 M y B: «aqueste papel». G corrige el eneasílabo resultante con *«este papel»*.
801 *conceto:* «¡Oh, bravo conceto! / ¿*Conceto?* No dije bien. / *Concepto* con *p* es mejor» (Lope, *El caballero del milagro,* III).

|              | dices que ofendes lo más, |     |
|--------------|---------------------------|-----|
|              | y amando, engañado estás, |     |
|              | porque en amor no es ansí, |     |
|              | que no ofende un desigual | 815 |
|              | amando, pues sólo entiendo |     |
|              | que se ofende aborreciendo. |     |
| TEODORO.     | Ésa es razón natural,     |     |
|              | mas pintaron a Faetonte   |     |
|              | y a Ícaro despeñados,     | 820 |
|              | uno en caballos dorados,  |     |
|              | precipitado en un monte,  |     |
|              | y otro, con alas de cera, |     |
|              | derretido en el crisol    |     |
|              | del sol.                  |     |
| DIANA.       | No lo hiciera el sol      | 825 |
|              | si, como es sol, mujer fuera. |  |
|              | Si alguna cosa sirvieres  |     |
|              | alta, sírvela y confía;   |     |
|              | que amor no es más que porfía; |  |
|              | no son piedras las mujeres. | 830 |
|              | Yo me llevo este papel;   |     |
|              | que despacio me conviene  |     |
|              | verle.                    |     |
| TEODORO.     | Mil errores tiene.        |     |
| DIANA.       | No hay error ninguno en él. |  |
| TEODORO.     | Honras mi deseo; aquí     | 835 |
|              | traigo el tuyo.           |     |

---

820-821 *Faetonte*. Hijo, según las versiones más acreditadas, del dios Helio (el Sol) y de la oceánide Clímene; según Ovidio, al conocer la identidad de su padre, pidió al dios que le permitiera conducir el carro solar durante un día; asustados los corceles por los signos del zodíaco, estuvo a punto de abrasar la tierra: al rozarla, desecó completamente la zona ecuatorial dejando a todos sus habitantes con la piel tostada. Zeus lo fulminó con un rayo y cayó al río Erídano. Véase además la nota al v. 125.

829 *porfía:* «significa también la continuación o repetición de una cosa muchas veces, con ahinco y tesón. //Se llama también la instancia e importunación para el logro de alguna cosa» *(Aut.).* La porfía estaba relacionada con el amor, hasta el punto de afirmar Lope *(Quien bien ama, tarde olvida,* 73*a*) que «la victoria de amor / sólo estriba en la porfía».

DIANA.                          Pues allá
          le guarda, aunque bien será
          rasgarle.
TEODORO.                    ¿Rasgarle?
DIANA.                               Sí,
          que no importa que se pierda
          si se puede perder más.                          840

                    *(Váyase.)*

TEODORO.   Fuese. ¿Quién pensó jamás
          de mujer tan noble y cuerda
             este arrojarse tan presto
          a dar su amor a entender?
          Pero también puede ser                          845
          que yo me engañase en esto,
             mas no me ha dicho jamás,
          ni a lo menos se me acuerda:
          «Pues ¿qué importa que se pierda,
          si se puede perder más?»                        850
             *Perder más,* bien puede ser
          por la mujer que decía...
          mas todo es bachillería
          y ella es la misma mujer.
             Aunque no, que la condesa                     855
          es tan discreta y tan varia,
          que es la cosa más contraria
          de la ambición que profesa.
             Sírvenla príncipes hoy
          en Nápoles, que no puedo                         860
          ser su esclavo. Tengo miedo;
          que en grande peligro estoy.

---

853 M y B: «mas todo y bachillería», que corrigen G, Kohler, Cotarelo,
BAE, etc.
*bachillería:* véase nota al v. 93.
856 *varia:* «se toma asimismo por indiferente» *(Aut.).*
860 *que no puedo:* «de modo que no puedo...».
862 *grande:* véase nota al v. 37.

Ella sabe que a Marcela
sirvo, pues aquí ha fundado
el engaño y me ha burlado,                865
pero en vano se recela
    mi temor, porque jamás
burlando salen colores.
¿Y el decir con mil temores
que «se puede perder más»?               870
    ¿Qué rosa, al llorar la aurora,
hizo de las hojas ojos,
abriendo los labios rojos
con risa a ver cómo llora,
    como ella los puso en mí             875
bañada en púrpura y grana,
o qué pálida manzana
se esmaltó de carmesí?
    Lo que veo y lo que escucho,
yo lo juzgo (o estoy loco)              880
para ser de veras poco,
y para de burlas mucho.
    Mas teneos, pensamiento,
que os vais ya tras la grandeza,
aunque si digo belleza                  885
bien sabéis vos que no miento;
    que es bellísima Diana,
y en discreción sin igual.

                (*Sale* MARCELA.)

MARCELA.   ¿Puedo hablarte?
TEODORO.                    Ocasión tal
mil imposibles allana;                  890
    que por ti, Marcela mía,
la muerte me es agradable.

———————

864 *servir:* «vale también cortejar o festejar a alguna dama, solicitando su
favor» (*Aut.*).
866 *se recela:* «se recata».
888 M y B: *y es discreción...* que G corrige.

MARCELA.  Como yo te vea y hable,
dos mil vidas perdería.
Estuve esperando el día                          895
como el pajarillo solo,
y cuando vi que en el polo
que Apolo más presto dora
le despertaba la aurora,
dije: «Yo veré mi Apolo.»                         900
    Grandes cosas han pasado,
que no se quiso acostar
la condesa hasta dejar
satisfecho su cuidado.
Amigas que han envidiado                          905
mi dicha con deslealtad,
le han contado la verdad:
que entre quien sirve, aunque veas
que hay amistad, no la creas,
porque es fingida amistad.                        910
    Todo lo sabe en efeto;
que si es Diana la luna,
siempre a quien ama importuna,
salió y vio nuestro secreto.
Pero será, te prometo,                            915
para mayor bien, Teodoro;
que del honesto decoro
con que tratas de casarte

---

897 *polo:* «cielo», frecuente en el barroco con esa significación.

898 *Apolo:* Segundo dios en importancia de la mitología griega, perteneciente a la generación de los dioses olímpicos. Hijo de Zeus, su culto como dios del sol, atributo con el que pasa a la cultura occidental, parece remontarse exclusivamente a las épocas helenística y romana; en la época griega, el único y verdadero dios griego del sol fue Helio.

909 M y G: *«las creas»;* B: *«lo creas».*

912 *Diana:* con este nombre se conocía una divinidad sabina que no tardó en ser identificada con la diosa griega Ártemis. Su primitivo carácter la califica como divinidad de la naturaleza, indómita y feroz. Heredó de Ártemis gran parte de los caracteres de esta diosa griega, que fue asimilada en ciertas ocasiones con Selene, la Luna, de la misma forma que su hermano Apolo (véase nota al v. 898) fue identificado con Helio, el Sol.

le di parte y dije aparte
cuán tiernamente te adoro.                                 920

Tus prendas le encarecí,
tu estilo, tu gentileza,
y ella entonces su grandeza
mostró tan piadosa en mí,
que se alegró de que en ti                                 925
hubiese los ojos puesto,
y de casarnos muy presto
palabra también me dio,
luego que de mí entendió
que era tu amor tan honesto.                               930

Yo pensé que se enojara
y la casa revolviera,
que a los dos nos despidiera
y a los demás castigara;
mas su sangre ilustre y clara,                             935
y aquel ingenio en efeto
tan prudente y tan perfeto,
conoció lo que mereces.
¡Oh, bien haya (¡amén mil veces!)
quien sirve a señor discreto!                              940

TEODORO.      ¿Que casarme prometió
              contigo?

MARCELA.                  ¿Pues pones duda
              que a su ilustre sangre acuda?

TEODORO.      Mi ignorancia me engañó,
              que necio pensaba yo                         945
              que hablaba en mí la condesa.
              De haber pensado me pesa
              que pudo tenerme amor;

---

919 M y B: «*dijo aparte*».

939 *bien haya:* bendito sea; bendición tan frecuente en Lope como la mal-
dición *mal haya,* acompañadas con frecuencia de *amén.* Puede compararse
con ésta última forma en *Peribáñez,* vv. 388, 1764, 1774, 1784, 1794; *El mejor
alcalde,* v. 804; *El castigo sin venganza,* v. 1436, etc.

942 *pues* es añadido de G para completar la cuenta silábica.

944 G añade tras el nombre de Teodoro: «*(Ap.)*».

946 *hablar en:* «hablar de». Cfr. *El caballero de Olmedo,* v. 2125.

|          | que nunca tan alto azor |     |
|          | se humilla a tan baja presa. | 950 |
| MARCELA. | ¿Qué murmuras entre ti? |     |
| TEODORO. | Marcela, conmigo habló, |     |
|          | pero no se declaró |     |
|          | en darme a entender que fui |     |
|          | el que embozado salí | 955 |
|          | anoche de su aposento. |     |
| MARCELA. | Fue discreto pensamiento, |     |
|          | por no obligarse al castigo |     |
|          | de saber que hablé contigo, |     |
|          | si no lo es el casamiento; | 960 |
|          | que el castigo más piadoso |     |
|          | de dos que se quieren bien |     |
|          | es casarlos. |     |
| TEODORO. | Dices bien, |     |
|          | y el remedio más honroso. |     |
| MARCELA. | ¿Querrás tú? |     |
| TEODORO. | Seré dichoso. | 965 |
| MARCELA. | Confírmalo. |     |
| TEODORO. | Con los brazos, |     |
|          | que son los rasgos y lazos |     |
|          | de la pluma del amor, |     |
|          | pues no hay rúbrica mejor |     |
|          | que la que firman los brazos. | 970 |

*(Sale la condesa.)*

| DIANA. | Esto se ha enmendado bien; |
|        | agora estoy muy contenta, |
|        | que siempre a quien reprehende |

---

949 El *azor* es ave de cetrería frecuentemente empleada por el barroco como emblema de las relaciones amorosas. De cualquier modo, *halcón* se aplica sobre todo al hombre perseguidor de mujeres. Véase Donald McGrady, «The Hunter Loses His Falcon: notes of a Motiv from *Cligés* to *la Celestina* and Lope de Vega», *Romania*, CVII, 1986, págs. 145-182 (y en especial 145-149).

972 *agora*: véase la nota al v. 137.

973 *reprehender*: reprender, corregir.

|            | da gran gusto ver la enmienda. |      |
|            | No os turbéis ni os alteréis. | 975 |
| TEODORO.   | Dije, señora, a Marcela |      |
|            | que anoche salí de aquí |      |
|            | con tanto disgusto y pena |      |
|            | de que vuestra señoría |      |
|            | imaginase en su ofensa | 980 |
|            | este pensamiento honesto |      |
|            | para casarme con ella, |      |
|            | que me he pensado morir, |      |
|            | y dándome por respuesta |      |
|            | que mostrabas en casarnos | 985 |
|            | tu piedad y tu grandeza, |      |
|            | dile mis brazos, y advierte |      |
|            | que si mentirte quisiera |      |
|            | no me faltara un engaño, |      |
|            | pero no hay cosa que venza | 990 |
|            | como decir la verdad |      |
|            | a una persona discreta. |      |
| DIANA.     | Teodoro, justo castigo |      |
|            | la deslealtad mereciera |      |
|            | de haber perdido el respeto | 995 |
|            | a mi casa, y la nobleza |      |
|            | que usé anoche con los dos |      |
|            | no es justo que parte sea |      |
|            | a que os atreváis ansí, |      |
|            | que en llegando a desvergüenza | 1000 |
|            | el amor, no hay privilegio |      |
|            | que el castigo le defienda. |      |
|            | Mientras no os casáis los dos, |      |
|            | mejor estará Marcela |      |
|            | cerrada en un aposento; | 1005 |

---

990-992 Hipérbaton: «pues no hay cosa que venza a una persona discreta como decir la verdad».

998 *parte:* «Se usa también por nueva razón o motivo, con que se funda o persuade una proposición» *(Aut.).*

999 *ansí:* véase nota al v. 203.

1003 Así en M y G; B lee *«caséis».*

que no quiero yo que os vean
juntos las demás criadas,
y que por ejemplo os tengan
para casárseme todas.
¡Dorotea! ¡Ah Dorotea!                             1010

*(Sale* DOROTEA.)

DOROTEA.    Señora.
DIANA.                    Toma esta llave
y en mi propia cuadra encierra
a Marcela, que estos días
podrá hacer labor en ella.
No diréis que esto es enojo.                        1015
DOROTEA.    ¿Qué es esto, Marcela?
MARCELA.                              Fuerza
de un poderoso tirano
y una rigurosa estrella.
Enciérrame por Teodoro.
DOROTEA.    Cárcel aquí no la temas,               1020
y para puertas de celos
tiene amor llave maestra.
DIANA.    En fin, Teodoro, ¿tú quieres
casarte?
TEODORO.              Yo no quisiera
hacer cosa sin tu gusto,                            1025
y créeme que mi ofensa
no es tanta como te han dicho;
que bien sabes que con lengua
de escorpión pintan la envidia,
y que si Ovidio supiera                             1030

---

1012 *cuadra:* «cuarto. La pieza de la casa que está más adentro de la sala, y por la forma que tiene, de ordinario cuadrada, se llamó cuadra» *(Covarrubias).*
1016 G acota tras el nombre de Dorotea: «*(Ap. a ella)*». Hasta el v. 1023 es un aparte de Dorotea y Marcela.
1028-1029 *lengua de escorpión:* «Ponderación y expresión de un maldiciente: y así del que habla y murmura con demasiada libertad del prójimo se dice que tiene lengua de escorpión».
1030 Ovidio describe la casa de la Envidia en *Metamorfosis,* II, v. 760 y ss.

|          | qué era servir, no en los campos, |      |
|----------|-----------------------------------|------|
|          | no en las montañas desiertas      |      |
|          | pintara su escura casa;           |      |
|          | que aquí habita y aquí reina.     |      |
| DIANA.   | Luego ¿no es verdad que quieres   | 1035 |
|          | a Marcela?                        |      |
| TEODORO. | Bien pudiera                      |      |
|          | vivir sin Marcela yo.             |      |
| DIANA.   | Pues díceme que por ella          |      |
|          | pierdes el seso.                  |      |
| TEODORO. | Es tan poco                       |      |
|          | que no es mucho que le pierda,    | 1040 |
|          | mas crea vuseñoría                |      |
|          | que aunque Marcela merezca        |      |
|          | esas finezas en mí,               |      |
|          | no ha habido tantas finezas.      |      |
| DIANA.   | Pues ¿no le has dicho requiebros  | 1045 |
|          | tales que engañar pudieran        |      |
|          | a mujer de más valor?             |      |
| TEODORO. | Las palabras poco cuestan.        |      |
| DIANA.   | ¿Qué le has dicho, por mi vida?   |      |
|          | ¿Cómo, Teodoro, requiebran        | 1050 |
|          | los hombres a las mujeres?        |      |
| TEODORO. | Como quien ama y quien ruega,     |      |
|          | vistiendo de mil mentiras         |      |
|          | una verdad, y ésa apenas.         |      |
| DIANA.   | Sí, pero ¿con qué palabras?       | 1055 |
| TEODORO. | Extrañamente me aprieta           |      |
|          | vuseñoría. «Esos ojos             |      |
|          | (le dije), esas niñas bellas,     |      |
|          | son luz con que ven los míos»     |      |
|          | y «los corales y perlas           | 1060 |
|          | desa boca celestial...»           |      |

---

1043 *en mí:* de mí.

1056 *apretar:* «Vale asimismo acosar, seguir con fuerza y estrechar. // Vale también instar, avivar, aguijar» *(Aut.).*

1060 *corales, perlas:* «labios», «dientes», metáforas muy manoseadas por la lírica barroca: «la cartilla» como dice versos más abajo, «de quien ama y quien desea».

DIANA.　　¿Celestial?

TEODORO.　　　　Cosas como éstas
son la cartilla, señora,
de quien ama y quien desea.

DIANA.　　Mal gusto tienes, Teodoro;　　　　1065
no te espantes de que pierdas
hoy el crédito conmigo,
porque sé yo que en Marcela
hay más defectos que gracias,
como la miro más cerca.　　　　1070
Sin esto, porque no es limpia,
no tengo pocas pendencias
con ella..., pero no quiero
desenamorarte de ella;
que bien pudiera decirte　　　　1075
cosa..., pero aquí se quedan
sus gracias o sus desgracias;
que yo quiero que la quieras
y que os caséis en buenhora,
mas, pues de amador te precias,　　　　1080
dame consejo, Teodoro
(¡ansí a Marcela poseas!),
para aquella amiga mía,
que ha días que no sosiega
de amores de un hombre humilde,　　　　1085
porque, si en quererle piensa,
ofende su autoridad,
y si de quererle deja,

---

1071 *sin esto:* «además».

1077 Además del juego de oposición, *desgracia* «vale también desagrado,
desabrimiento, desapacibilidad, acedía y aspereza...» *(Aut.)*.

1079 *en buen hora:* fórmula frecuente desde la Edad Media, muy utilizada
por Lope. Documentan su uso en este dramaturgo Walter Poesse, *The Inter-
nal Line-Structure of Thirty Autograph Plays of Lope de Vega,* Universidad de In-
diana, Bloomington, 1949, pág. 54, n. 5; y Carlos Fernández Gómez, *Vocabulario completo de Lope de Vega,* Madrid, 1971, 3 vols. Muy usual era también
en la época y en Lope la aféresis y contracción de esa fórmula: «norabuena».

1082 *ansí:* en este caso, desiderativa que permite al tono de la intérprete
cargar el sentido de ambigüedad.

1084 *ha días:* hace días.

|            | pierde el juïcio de celos; |      |
|            | que el hombre, que no sospecha | 1090 |
|            | tanto amor, anda cobarde, |      |
|            | aunque es discreto, con ella. |      |
| TEODORO.   | Yo, señora, ¿sé de amor? |      |
|            | No sé, por Dios, cómo pueda |      |
|            | aconsejarte. |      |
| DIANA.     | ¿No quieres, | 1095 |
|            | como dices, a Marcela? |      |
|            | ¿No le has dicho esos requiebros? |      |
|            | Tuvieran lengua las puertas, |      |
|            | que ellas dijeran... |      |
| TEODORO.   | No hay cosa |      |
|            | que decir las puertas puedan. | 1100 |
| DIANA.     | Ea, que ya te sonrojas, |      |
|            | y lo que niega la lengua |      |
|            | confiesas con las colores. |      |
| TEODORO.   | Si ella te lo ha dicho, es necia; |      |
|            | una mano le tomé, | 1105 |
|            | y no me quedé con ella, |      |
|            | que luego se la volví; |      |
|            | no sé yo de qué se queja. |      |
| DIANA.     | Sí, pero hay manos que son |      |
|            | como la paz de la Iglesia, | 1110 |
|            | que siempre vuelven besadas. |      |
| TEODORO.   | Es necísima Marcela; |      |
|            | es verdad que me atreví, |      |
|            | pero con mucha vergüenza, |      |
|            | a que templase la boca | 1115 |
|            | con nieve y con azucenas. |      |
| DIANA.     | ¿Con azucenas y nieve? |      |
|            | Huelgo de saber que tiempla |      |

---

1103 *las colores:* véase nota al v. 763.

1110 *paz de la Iglesia:* «en la misa se llama la ceremonia en que el celebrante besa la patena, y luego abraza al diácono, y éste al subdiácono; y en las catedrales se da a besar al coro una imagen o reliquia, y a los que hacen cabeza del pueblo» (*Aut.*).

1118 *tiempla:* templa. Lope utiliza con mayor frecuencia la forma diptongada, que era la más antigua y que fue predominante hasta el siglo XVI. Am-

|  | ese emplasto el corazón. |  |
|  | Ahora bien, ¿qué me aconsejas? | 1120 |
| TEODORO. | Que si esa dama que dices |  |
|  | hombre tan bajo desea, |  |
|  | y de quererle resulta |  |
|  | a su honor tanta bajeza, |  |
|  | haga que con un engaño, | 1125 |
|  | sin que la conozca, pueda |  |
|  | gozarle. |  |
| DIANA. | Queda el peligro |  |
|  | de presumir que lo entienda. |  |
|  | ¿No será mejor matarle? |  |
| TEODORO. | De Marco Aurelio se cuenta | 1130 |
|  | que dio a su mujer Faustina, |  |
|  | para quitarle la pena, |  |
|  | sangre de un esgrimidor; |  |
|  | pero estas romanas pruebas |  |
|  | son buenas entre gentiles. | 1135 |
| DIANA. | Bien dices; que no hay Lucrecias, |  |

-------

bas formas están presentes, por ejemplo, en una misma obra, *Fuente Ovejuna*, versos 1267 y 1865.

1130-1131 Faustina, hija de T. Aurelio Antonino, padre adoptivo del emperador y filósofo romano Marco Aurelio, se casó con éste en la adolescencia y le dio trece hijos, de los que sólo el futuro emperador Cómodo y cuatro hijas les sobrevivieron. Murió en el año 176, en Halala, luego Faustinópolis, cuando regresaba de una expedición del emperador a Oriente. «En sus *Meditaciones* (I, 17) [Marco Aurelio] da gracias a los dioses por haberle dado una esposa tan obediente, tan amorosa y tan sencilla. Sin embargo, Faustina ha dejado fama —a través de cronistas chismosos como [Dión] Casio y [Julio] Capitolino— de emperatriz intrigante y casquivana, que había engañado a su esposo con la compañía de algunos apuestos soldados o gladiadores. Es difícil saber el fundamento de estos rumores cortesanos. Los biógrafos modernos tienden a rechazarlos como meras calumnias de un ambiente propenso a la murmuración» (Carlos García Gual, «Introducción» al volumen *Meditaciones*, de Marco Aurelio, Editorial Gredos, Madrid, 1983, págs. 18-19).

1132 *pena:* pasión amorosa que hace penar.

1133 *esgrimidor:* «Gladiator» (*Aut.*).

1136-1140 Personajes históricos de la cultura romana: Lucrecia, violada por Sexto Tarquino, hijo del *rex* Tarquino el Soberbio, bajo amenaza de matarla y publicar que su muerte se debía a su infidelidad, contó a su marido y a su padre el ultraje y se suicidó en su presencia clavándose un puñal en el pecho. El suceso tuvo consecuencias graves, pues significó la abolición de la

ni Torcatos, ni Virginios
en esta edad, y en aquélla
hubo Faustinas, Teodoro,
Mesalinas y Popeas.                                    1140
Escríbeme algún papel
que a este propósito sea,
y queda con Dios. ¡Ay Dios!

*(Caiga.)*

Caí. ¿Qué me miras? Llega,
dame la mano.

TEODORO.                              El respeto                  1145
me detuvo de ofrecella.

DIANA.          ¡Qué graciosa grosería
que con la capa la ofrezcas!

TEODORO.       Así cuando vas a misa
te la da Otavio.

DIANA.                              Es aquella                    1150
mano que yo no le pido,

---

monarquía en Roma. Manlio Torcuato mandó ejecutar a su hijo por haber
intervenido en un duelo cuando él mismo los había prohibido. A Lucio Vir-
ginio se debe la muerte de su hija, para que no la utilizara sexualmente Apio
Claudio, que la había tomado por esclava. Para Faustina, véase nota al v. 1131.
En cuanto a las emperatrices Valeria Mesalina y Sabina Popea, ambas pasa-
ron a la historia por su libertinaje, por sus excesos sexuales y por sus crímenes. La primera, esposa de Claudio y madre de Británico y Octavia, murió
ejecutada (15-48); la segunda, concubina de Nerón, consiguió que el emperador repudiase a su esposa Octavia para casarse con él. Su crueldad se relacio-
nó con crímenes como el de Agripina, madre de Nerón, el de Octavia, el de
Séneca y otros personajes principales del Imperio. Murió estando encinta, a
consecuencia de un puntapié que la propinó el mismo Nerón en el año 65.

1140-1141 Diana acepta la propuesta que Teodoro plantea en los versos 1125-1127: gozarle sin que el «hombre tan bajo» que ella desea, la conozca. De ahí ese «¡Ay Dios!», el tropezón simbólico y su confesión metafórica:
«Caí.» Y lo hace tras rechazar los temores del secretario ante el sucedido de
Marco Aurelio, que mató al esgrimidor; para tranquilizarle, Diana afirma por
un lado que ya no existen esos defensores sangrientos de la virtud, y por otro
que siguen existiendo pasiones desenfrenadas. El juego metafórico continúa
en los vv. 1170-1172.

1144 *qué:* por qué.

89

|          | y debe de haber setenta |      |
|----------|--------------------------|------|
|          | años que fue mano y viene |     |
|          | amortajada por muerta.    |     |
|          | Aguardar quien ha caído   | 1155 |
|          | a que se vista de seda    |      |
|          | es como ponerse un jaco   |      |
|          | quien ve al amigo en pendencia, | |
|          | que mientras baja, le han muerto; | |
|          | demás que no es bien que tenga | 1160 |
|          | nadie por más cortesía,   |      |
|          | aunque melindres lo aprueban, | |
|          | que una mano, si es honrada, | |
|          | traiga la cara cubierta.  |      |
| TEODORO. | Quiero estimar la merced  | 1165 |
|          | que me has hecho.         |      |
| DIANA.   | Cuando seas |            |
|          | escudero, la darás        |      |
|          | en el ferreruelo envuelta; |     |
|          | que agora eres secretario; |     |
|          | con que te he dicho que tengas | 1170 |
|          | secreta aquesta caída,    |      |
|          | si levantarte deseas.     |      |

*(Váyase.)*

| TEODORO. | ¿Puedo creer que aquesto es verdad? Puedo, | |
|----------|---------------------------------------------|------|
|          | si miro que es mujer Diana hermosa.         |      |
|          | Pidió mi mano, y la color de rosa,          | 1175 |
|          | al dársela, robó del rostro el miedo.       |      |
|          | Tembló; yo lo sentí; dudoso quedo.          |      |
|          | ¿Qué haré? Seguir mi suerte venturosa;      |      |

---

1157 *jaco:* «vestido corto, que usaban los soldados en lo antiguo ceñido al cuerpo, de tela muy grosera y tosca, hecho de pelo de cabras» *(Aut.).*

1160 *demás:* «equivale también a fuera de que, o fuera de esto» *(Aut.).*

1168 *ferreruelo:* «capa algo larga, con solo cuello, sin capilla» *(Aut.).*

1173 *aquesto:* «esto»; forma arcaica utilizada para la cuenta métrica, pues añade una sílaba al verso.

1174 Que Diana es mujer hermosa.

1175 *la color:* véase nota al v. 763.

si bien, por ser la empresa tan dudosa,
niego al temor lo que al valor concedo.     1180
   Mas dejar a Marcela es caso injusto;
que las mujeres no es razón que esperen
de nuestra obligación tanto disgusto.
   Pero si ellas nos dejan cuando quieren
por cualquiera interés o nuevo gusto,     1185
mueran también como los hombres mueren.

Escena de la película *El perro del hortelano.*

# Acto segundo

*(Salen el conde* FEDERICO *y* LEONIDO, *criado.)*

| | |
|---|---|
| FEDERICO. | ¿Aquí la viste? |
| LEONIDO. | Aquí entró |

como el alba por un prado,
que a su tapete bordado
la primera luz le dio,                              1190
   y según la devoción
no pienso que tardarán,
que conozco al capellán
y es más breve que es razón.

| | |
|---|---|
| FEDERICO. | ¡Ay, si la pudiese hablar!                1195 |
| LEONIDO. | Siendo tú su primo, es cosa |

acompañarla forzosa.

FEDERICO. El pretenderme casar
   ha hecho ya sospechoso
mi parentesco, Leonido;                            1200
que antes de haberla querido
nunca estuve temeroso.
   Verás que un hombre visita
una dama libremente
por conocido o pariente                            1205

---

1187 G añade como acotación antes del verso: «*(Calle)*».
1194 *más breve que es razón:* más breve de lo razonable.
1200 *Leonido:* voz trisílaba.

mientras no la solicita,
   pero en llegando a querella,
aunque de todos se guarde,
menos entra y más cobarde,
y apenas habla con ella.                    1210
   Tal me ha sucedido a mí
con mi prima la condesa,
tanto, que de amar me pesa,
pues lo más del bien perdí,
   pues me estaba mejor vella             1215
tan libre como solía.

(*Sale el marqués* RICARDO, *y* CELIO.)

CELIO.        A pie digo que salía,
              y alguna gente con ella.
RICARDO.      Por estar la iglesia enfrente,
              y por preciarse del talle,          1220
              ha querido honrar la calle.
CELIO.        ¿No has visto por el oriente
                 salir serena mañana
              el sol con mil rayos de oro,
              cuando dora el blanco toro          1225
              que pace campos de grana?
                 —que así llamaba un poeta

---

1207, 1215 *querella... vella*: «quererla... verla»: asimilación de la -*r*- del infinitivo a la -*l*- del enclítico; véase nota al v. 61.
1222-1228 Alusión de carácter paródico a Góngora y los versos iniciales
(4-6) de las *Soledades:* «Era del año la estación florida / en que el mentido ro-
bador de Europa / (media luna las armas de su frente, / y el Sol todo los ra-
yos de su pelo), / luciente honor del cielo, / en campos de zafiro pace estrellas»: el «blanco toro» es la constelación de Tauro, que se sitúa exactamente
detrás del sol y sale con él, apagando las estrellas; bajo el disfraz de ese ani-
mal se amparó Júpiter para raptar a Europa.
1226-1228 *grana*: «se llama metafóricamente el color de los labios y meji-
llas» *(Aut.)*. El juego entre «púrpura», «grana» y «arreboles» para designar tanto la aurora como la juventud es constante en el barroco, en especial en Góngora; no afecta sólo a la poesía: «Tres libreas de tres diferentes colores da en diversas edades la Naturaleza a sus criados: comienza por el rubio y purpurante en
la aurora de la niñez...» (Baltasar Gracián, *Criticón*, II, principio de la crisi 13).

|  | los primeros arreboles. |  |
|---|---|---|
|  | Pues tal salió con dos soles, |  |
|  | más hermosa y más perfecta | 1230 |
|  | la bellísima Diana, |  |
|  | la condesa de Belflor. |  |
| RICARDO. | Mi amor te ha vuelto pintor |  |
|  | de tan serena mañana, |  |
|  | y hácesla sol con razón, | 1235 |
|  | porque el sol en sus caminos |  |
|  | va pasando varios signos, |  |
|  | que sus pretendientes son. |  |
|  | Mira que allí Federico |  |
|  | aguarda sus rayos de oro. | 1240 |
| CELIO. | ¿Cuál de los dos será el toro |  |
|  | a quien hoy al sol aplico? |  |
| RICARDO. | Él por primera afición, |  |
|  | aunque del nombre se guarde, |  |
|  | que yo, por entrar más tarde, | 1245 |
|  | seré el signo del león. |  |
| FEDERICO. | ¿Es aquél Ricardo? |  |
| LEONIDO. | Él es. |  |
| FEDERICO. | Fuera maravilla rara |  |
|  | que deste puesto faltara. |  |
| LEONIDO. | Gallardo viene el marqués. | 1250 |
| FEDERICO. | No pudieras decir más |  |
|  | si tú fueras el celoso. |  |
| LEONIDO. | ¿Celos tienes? |  |
| FEDERICO. | ¿No es forzoso? |  |
|  | De alabarle me los das. |  |
| LEONIDO. | Si a nadie quiere Diana, | 1255 |
|  | ¿de qué los puedes tener? |  |

---

1230 *perfecta*. Aunque B lee *«perfeta»*; véase nota al v. 233.
1237 *signos*: los del Zodíaco. A los de Tauro y Leo alude la réplica de Ricardo en los vv. 1243-1247.
1241-1243 En los dos versos de Celio hay alusión al toro como símbolo del hombre engañado por la mujer; Ricardo, sin embargo, contesta al sentido recto de su pregunta.
1254 *de alabarle:* alabándole.

| | |
|---|---|
| FEDERICO. | De que le puede querer, |
| | que es mujer. |
| LEONIDO. | Sí, mas tan vana, |
| | tan altiva y desdeñosa, |
| | que a todos os asegura. |
| FEDERICO. | Es soberbia la hermosura. |
| LEONIDO. | No hay ingratitud hermosa. |
| CELIO. | Diana sale, señor. |
| RICARDO. | Pues tendrá mi noche día. |
| CELIO. | ¿Hablarásla? |
| RICARDO. | Eso querría, |
| | si quiere el competidor. |

FEDERICO. De que le puede querer,
que es mujer.
LEONIDO.                 Sí, mas tan vana,
tan altiva y desdeñosa,
que a todos os asegura.     1260
FEDERICO. Es soberbia la hermosura.
LEONIDO. No hay ingratitud hermosa.
CELIO.       Diana sale, señor.
RICARDO. Pues tendrá mi noche día.
CELIO. ¿Hablarásla?
RICARDO.               Eso querría,     1265
si quiere el competidor.

*(Salen* OTAVIO, FABIO, TEODORO, *la condesa, y detrás,*
MARCELA, ANARDA *con mantos; llegue el conde por un lado.)*

FEDERICO. Aquí aguardaba con deseo de veros.
DIANA. Señor conde, seáis muy bien hallado.
RICARDO. Y yo, señora, con el mismo agora
a acompañaros vengo, y a serviros.     1270
DIANA. Señor marqués, ¿qué dicha es esta mía?
    ¿Tanta merced?
FEDERICO.                 Bien debe a mi deseo
vuseñoría este cuidado.
FEDERICO.               Creo
que no soy bien mirado y admitido.
LEONIDO. Háblala; no te turbes.
FEDERICO.             ¡Ay, Leonido!     1275

---

1258 *vana:* «significa también arrogante, presuntuoso...» *(Aut.).*

1260 La soberbia y la negativa al amor de Diana aseguran contra los celos, porque, con la dama, no hay rival que tenga fundamentos para creerse amado.

1267 G inicia el verso con la acotación: «*(A Diana)*».

1269 Léase: «con el mismo deseo agora».

1271-1272 M: «... mía / tanta merced». B: «... tanta merced?»

1273 G acota: «vuseñoría este cuidado. /Fed. *(A su criado.)* Creo...» Y Federico prosigue hablando aparte con su criado hasta la tirada que empieza en el v. 1278.

Quien sabe que no gustan de escuchalle,
¿de qué te admiras que se turbe y calle?

*(Todos se entren por la otra puerta acompañando a la condesa, y
quede allí* TEODORO.)

TEODORO.      Nuevo pensamiento mío
desvanecido en el viento,
que con ser mi pensamiento    1280
de veros volar me río,
parad, detened el brío,
que os detengo y os provoco,
porque si el intento es loco
de los dos lo mismo escucho,    1285
aunque donde el premio es mucho,
el atrevimiento es poco.
    Y si por disculpa dais
que es infinito el que espero,
averigüemos primero,    1290
pensamiento, en qué os fundáis.
¿Vos a quien servís amáis?
Diréis que ocasión tenéis
si a vuestros ojos creéis;
pues, pensamiento, decildes    1295
que sobre pajas humildes
torres de diamante hacéis.
    Si no me sucede bien,
quiero culparos a vos,
mas teniéndola los dos,    1300
no es justo que culpa os den;
que podréis decir también

---

1277+ G añade la acotación: *«(Sala del palacio de la Condesa)».*

1280 *que con ser:* pues a pesar de ser.

1283 *provoco:* en su acepción particular de «llamo, convoco», es latinismo.

1285 *los dos:* el pensamiento y el *yo* del propio Teodoro; véanse los versos 1300, 1306-1307, 1313 y 1315-1317.

1289 Léase *«que es infinito el premio que espero».*

1295 *decildes:* decidles; no era muy frecuente en la época la metátesis de la *-l-* del enclítico y la *-d-* final del imperativo; en *El perro* aparece en varias ocasiones: 2470, 2490, 2491, 2502...

cuando del alma os levanto,
y de la altura me espanto
donde el amor os subió,                              1305
que el estar tan bajo yo
os hace a vos subir tanto.
    Cuando algún hombre ofendido
al que le ofende defiende,
que dio la ocasión se entiende;                      1310
del daño que os ha venido,
sed en buenhora atrevido,
que aunque los dos nos perdamos,
esta disculpa llevamos:
que vos os perdéis por mí,                           1315
y que yo tras vos me fui,
sin saber adónde vamos.
    Id en buenhora, aunque os den
mil muertes por atrevido;
que no se llama perdido                              1320
el que se pierde tan bien.
Como a otros dan parabién
de lo que hallan, estoy tal,
que de perdición igual
os le doy, porque es perderse                        1325
tan bien que puede tenerse
envidia del mismo mal.

TRISTÁN.      Si en tantas lamentaciones
cabe un papel de Marcela,
que contigo se consuela                              1330
de sus pasadas prisiones,

---

1311 *del:* «por».

1321 M: «*también / como otros dan parabien. /De lo que...*»; B: «*tan bien / como
otros dan parabien. De lo que...*» Es G quien ofrece la solución: «*Como a otros...*».

1323-1327 «De la misma forma que se da el parabién a otros por lo que
hallan, yo os lo doy por perderse», siguiendo con la idea del v. 1320: «*que no
se llama perdido / el que se pierde tan bien*».

1326 M y B: «*también*».

1328 Durante el parlamento de Teodoro, ha entrado en escena Tristán; la
acotacion no figura en ningún texto. El lacayo ha oído la tirada y por tanto
sabe que no es Marcela el blanco amoroso del caballero («*a quien no ha menester / nadie le procura ver*»)*:* de ahí que no espere pago del porte de la carta.

              bien te le daré sin porte,
              porque, a quien no ha menester,
              nadie le procura ver,
              a la usanza de la corte.             1335
                Cuando está en alto lugar
              un hombre (y ¡qué bien lo imitas!),
              ¡qué le vienen de visitas
              a molestar y a enfadar!
                Pero si mudó de estado,           1340
              como es la fortuna incierta,
              todos huyen de su puerta
              como si fuese apestado.
                ¿Parécete que lavemos
              en vinagre este papel?           1345
TEODORO.     Contigo necio, y con él,
              entrambas cosas tenemos.
                Muestra, que vendrá lavado,
              si en tus manos ha venido.
              *(Lea.)* «A Teodoro, mi marido.»    1350
              ¿Marido? ¡Qué necio enfado!
              ¡Qué necia cosa!
TRISTÁN.                    Es muy necia.
TEODORO.     Pregúntale a mi ventura
              si, subida a tanta altura,
              esas mariposas precia.           1355

---

   1333  *a quien no ha menester:* a quien no tiene necesidad.

   1338  *qué le vienen de visitas:* «cuántas visitas le vienen». Véase nota al v. 686.

   1344-1347  Se atribuía al vinagre poder suficiente incluso para partir rocas con ayuda del fuego. Pero en la respuesta de Teodoro hay más implicaciones; una de las acepciones de *vinagre,* según el *Diccionario de Autoridades,* dice: «Metafóricamente se llama el sujeto de genio áspero y desapacible.» En su réplica (vv. 1346 y ss.) Teodoro parece calificarlo de apestado y borracho (por eso «vendrá lavado»), defecto habitual de Tristán: *«Ya tú debes de venir / con el vino que otras veces»* (vv. 1408-1409).

   1353-1355  Teodoro cree en la alta posición que ahora ocupa en el corazón de Diana, sin darse cuenta de la ironía *(«y qué bien lo imitas»)* que Tristán ha empleado en los versos 1336-1337; por eso rechaza las *mariposas* —atraídas por la luz de la llama, o del sol que figura en 1364-1365, perecen en ella— como Marcela.

TRISTÁN.           Léele, por vida mía,
            aunque ya estés tan divino;
            que no se desprecia el vino
            de los mosquitos que cría;
                que yo sé cuando Marcela,           1360
            que llamas ya mariposa,
            era águila caudalosa.
TEODORO.    El pensamiento, que vuela
                a los mismos cercos de oro
            del sol, tan baja la mira,           1365
            que aun de que la ve se admira.
TRISTÁN.    Hablas con justo decoro,
                mas ¿qué haremos del papel?
TEODORO.    Esto.
TRISTÁN.                ¿Rasgástele?
TEODORO.                            Sí.
TRISTÁN.    ¿Por qué señor?
TEODORO.                        Porque ansí           1370
            respondí más presto a él.
TRISTÁN.    Ése es injusto rigor.
TEODORO.    Ya soy otro; no te espantes.
TRISTÁN.    Basta, que sois los amantes
            boticarios del amor;           1375
                que, como ellos las recetas,
            vais ensartando papeles:
            Récipe celos crueles,
            agua de azules violetas.
                Récipe un desdén extraño,           1380
            *Sirupi* del *borrajorum*,

---

1360  Todos los textos leen: «*cuando*».

1364  *cercos de oro:* «cosa que rodea, ciñe, abraza, circunda, o cerca otra
cosa, comprehendiéndola dentro de sí, formando la figura de la cosa conte-
nida: que unas veces es esférica, como el cerco del Sol, de la cuba... // Se llama comúnmente [cerco del sol, y de la luna] el resplandor, y la claridad que
suele aparecer alrededor de estos dos planetas» *(Aut.).*

1378  *récipe:* «voz puramente latina, introducida en nuestra lengua, que significa lo mismo que receta de médico. Dícese así por empezar todas con esta
voz» *(Aut.).*

1381-1400  Tristán utiliza un latín macarrónico que remeda las recetas de

con que la sangre *templorum,*
para asegurar el daño.
　　Récipe ausencia, tomad
un emplasto para el pecho;　　　　　　　1385
que os hiciera más provecho
estaros en la ciudad.
　　Récipe de matrimonio:
allí es menester jarabes
y tras diez días süaves　　　　　　　　1390
purgalle con entimonio.
　　Récipe *signus celeste,*
que *Capricornius dicetur:*
ese enfermo *morietur,*
si no es que paciencia preste.　　　　　1395
　　Récipe que de una tienda
joya o vestido *sacabis:*
con tabletas *confortabis*
la bolsa que tal emprenda.
　　A esta traza, finalmente,　　　　　　1400
van todo el año ensartando.

---

los médicos como recurso cómico muy socorrido por el teatro de todos los
tiempos y todos los países (hay ejemplos sobrados en Shakespeare y Molière);
para ello, no se atiende al significado real de los términos en la lengua latina
*(templorum* con significado de «templar» y no de «templo», etc.), se modifican
terminaciones latinas para que sirvan de rima *(dicetur* en vez de *dicitur),* se de-
rivan y «se latinizan» mediante terminaciones palabras, etc.
Sirope o agua de borrajas para templar la pasión.
1382 Con que *templar* la sangre.
1390 *süave:* diéresis por necesidades métricas; no anoto las existentes en la
comedia, por ir marcadas gráficamente.
1391 *entimonio:* deformación burlesca de antimonio. Según Tristán, el
matrimonio, tras los primeros diez días, se convierte en dolor que debe pur-
garse.
1392-1393 La receta con el *signum* de *Capricornus* (alteraciones burlescas
de *signus* y *Capricornius)* alude al «mal de cuernos», para el que sólo la paciencia es remedio. *Dicetur* por *dicitur* para la rima con *morietur* del verso siguiente.
1397 *sacabis:* forma falsamente latinizada en futuro del verbo castellano
*sacar,* para facilitar la rima con el también macarrónico *confortabis* del verso siguiente.
1400 *a esta traza:* de este modo.
1401 *ensartando:* alude a las recetas de los boticarios (vv. 1375-1376).

Llega la paga; en pagando,
o viva o muera el doliente,
se rasga todo papel.
Tú la cuenta has acabado,                             1405
y el de Marcela has rasgado
sin saber lo que hay en él.

TEODORO.   Ya tú debes de venir
con el vino que otras veces.

TRISTÁN.   Pienso que te desvaneces                    1410
con lo que intentas subir.

TEODORO.   Tristán, cuantos han nacido
su ventura han de tener;
no saberla conocer
es el no haberla tenido.                               1415
O morir en la porfía,
o ser conde de Belflor.

TRISTÁN.   César llamaron, señor,
a aquel duque que traía
escrito por gran blasón:                              1420
«César o nada»; y en fin
tuvo tan contrario el fin
que al fin de su pretensión
escribió una pluma airada,
«César o nada, dijiste,                               1425
y todo, César, lo fuiste,
pues fuiste César y nada.»

TEODORO.   Pues tomo, Tristán, la empresa,
y haga después la fortuna
lo que quisiere.

---

1421 «O César, o nada»: «Frase que explica el ánimo generoso y magnáni-
mo de alguna persona que, despreciando las mayores fortunas, por incapaces
de lisonjear la extremada altivez de su espíritu, aspira osado a las más excel-
sas, o morir precipitado en la empresa» *(Aut.)*. Covarrubias es más severo en
la definición: *«Aut Cæsar, aut nihil,* ha quedado en proverbio, aun en nuestro
español, de los que no se quieren contentar con una medianía, y las más de
las veces sin lo uno y lo otro: porque habiendo llegado a gran fortuna, no se
saben conservar en ella y dan una mortal caída que los vuelve en nada. Tomó
origen en la determinación que [Julio César] tuvo en pasar el río Rubicón
con su ejército; cosa defendida de los romanos severamente» *(Covarrubias)*.

(*Salen* MARCELA *y* DOROTEA.)

DOROTEA.    Si a alguna                                    1430
de tus desdichas le pesa,
de todas las que servimos
a la condesa, soy yo.
MARCELA.    En la prisión que me dio
tan justa amistad hicimos,                                 1435
y yo me siento obligada
de suerte, mi Dorotea,
que no habrá amiga que sea
más de Marcela estimada.
Anarda piensa que yo                                       1440
no sé cómo quiere a Fabio,
pues della nació mi agravio:
que a la condesa contó
los amores de Teodoro.
DOROTEA.    Teodoro está aquí.
MARCELA.                            ¡Mi bien!             1445
TEODORO.    Marcela, el paso detén.
MARCELA.    ¿Cómo, mi bien, si te adoro,
cuando a mis ojos te ofreces?
TEODORO.    Mira lo que haces y dices,
que en palacio los tapices                                 1450
han hablado algunas veces.
¿De qué piensas que nació
hacer figuras en ellos?
De avisar que detrás dellos
siempre algún vivo escuchó.                                1455
Si un mudo viendo matar
a un rey, su padre, dio voces,
figuras que no conoces,
pintadas sabrán hablar.

---

1429+ G añade a la acotación: «*sin reparar en Teodoro y Tristán*».

1430 «Si a alguna de todas las que servimos a la condesa le duelen tus desdichas, es a mí.» El hipérbaton se complica con la posible relación de «alguna» con «de tus desdichas», que puede engañar en una primera lectura.

1440 M y B: «*pienso*».

1442 M y B: «*porque della...*».

103

| MARCELA. | ¿Has leído mi papel? | 1460 |
| TEODORO. | Sin leerle le he rasgado; | |
| | que estoy tan escarmentado | |
| | que rasgué mi amor con él. | |
| MARCELA. | ¿Son los pedazos aquestos? | |
| TEODORO. | Sí, Marcela. | |
| MARCELA. | Y ya ¿mi amor | 1465 |
| | has rasgado? | |
| TEODORO. | ¿No es mejor | |
| | que vernos por puntos puestos | |
| | en peligros tan extraños? | |
| | Si tú de mi intento estás, | |
| | no tratemos desto más | 1470 |
| | para excusar tantos daños. | |
| MARCELA. | ¿Qué dices? | |
| TEODORO. | Que estoy dispuesto | |
| | a no darle más enojos | |
| | a la condesa. | |
| MARCELA. | En los ojos | |
| | tuve muchas veces puesto | 1475 |
| | el temor desta verdad. | |
| TEODORO. | Marcela, queda con Dios. | |
| | Aquí acaba de los dos | |
| | el amor, no el amistad. | |
| MARCELA. | ¿Tú dices eso, Teodoro, | 1480 |
| | a Marcela? | |
| TEODORO. | Yo lo digo; | |
| | que soy de quietud amigo | |
| | y de guardar el decoro | |
| | a la casa que me ha dado | |
| | el ser que tengo. | |
| MARCELA. | Oye, advierte. | 1485 |
| TEODORO. | Déjame. | |

---

1467 *por puntos:* «Modo adverbial con que se expresa que alguna cosa se espera o teme suceda sin dilación y de un instante a otro» *(Aut.).* El latín ya empleaba *punctum temporis.*
1479 *el amistad:* véanse los vv. 207 y 519, y nota al v. 207.

| MARCELA. | ¿De aquesta suerte |
| | me tratas? |
| TEODORO. | ¡Qué necio enfado! |

*(Váyase.)*

| MARCELA. | ¡Ah Tristán, Tristán! |
| TRISTÁN. | ¿Qué quieres? |
| MARCELA. | ¿Qué es esto? |
| TRISTÁN. | Una mudancita, |

que a las mujeres imita                1490
Teodoro.

| MARCELA. | ¿Cuáles mujeres? |
| TRISTÁN. | Unas de azúcar y miel. |
| MARCELA. | Dile... |
| TRISTÁN. | No me digas nada, |

que soy vaina desta espada,
nema de aqueste papel,                 1495
    caja de aqueste sombrero,
fieltro deste caminante,
mudanza deste danzante,
día deste vario hebrero,
    sombra deste cuerpo vano,           1500
posta de aquesta estafeta,
rastro de aquesta cometa,

---

1495 *nema:* «la cerradura o sello de las cartas que, porque los antiguos las cerraban con hilo, y después las sellaban, se le dio este nombre, que es griego y significa hilo» *(Aut.).*

1497 *fieltro:* «se llama también el capote, o sobretodo, que se hace para defensa del agua, nieve o mal tiempo» *(Aut.).*

1498 *mudanza:* «se llama también cierto número de movimientos, que se hace en los bailes y danzas, arreglado al tañido de los instrumentos» *(Aut.).*

1499 Covarrubias recoge las dos formas de la época, una popular, *hebrero,* y otra culta, *febrero;* Lope utiliza aquí la primera para que le salga la cuenta silábica del octosílabo. «El vulgo le da por renombre a hebrero el ser loco por la variedad y mudanza del tiempo en ese mes» *(Covarrubias).*

1502 En la época, el término *cometa,* de origen griego y masculino terminado en *-a,* vacilaba en su género, sin tener en cuenta la posterior especialización del significado en el género masculino (cuerpo celeste) y en el femenino (juguete de papel).

tempestad deste verano,
　y finalmente, yo soy
la uña de aqueste dedo,                          1505
que en cortándome, no puedo
decir que con él estoy.

(Váyase.)

MARCELA. 　¿Qué sientes desto?
DOROTEA. 　　　　　　　　No sé,
que a hablar no me atrevo.
MARCELA. 　　　　　　　　　　No.
Pues yo hablaré.
DOROTEA. 　　　　　　　Pues yo no.          1510
MARCELA. Pues yo sí.
DOROTEA. 　　　　　Mira que fue
bueno el aviso, Marcela,
de los tapices que miras.
MARCELA. Amor en celosas iras
ningún peligro recela.                           1515
　　A no saber cuán altiva
es la condesa, dijera
que Teodoro en algo espera,
porque no sin causa priva
tanto estos días Teodoro.                        1520
DOROTEA. Calla, que estás enojada.
MARCELA. Mas yo me veré vengada,
ni soy tan necia que ignoro
las tretas de hacer pesar.

(Sale FABIO.)

FABIO. 　¿Está el secretario aquí?              1525
MARCELA. ¿Es por burlarte de mí?

----

1508 *«sentir»:* «juzgar, opinar» *(Aut.);* «entender» en *Covarrubias.*
　1519 *«privar»:* «vale también tener valimiento y familiaridad con algún
príncipe o superior y ser favorecido de él» *(Aut.).* Es, en este sentido, intran-
sitivo.

| FABIO. | ¡Por Dios, que le ando a buscar! | |
| | Que le llama mi señora. | |
| MARCELA. | Fabio, que sea o no sea, | |
| | pregúntale a Dorotea | 1530 |
| | cuál puse a Teodoro agora. | |
| | ¿No es majadero cansado | |
| | este secretario nuestro? | |
| FABIO. | ¡Qué engaño tan necio el vuestro! | |
| | ¿Querréis que esté deslumbrado | 1535 |
| | de los que los dos tratáis? | |
| | ¿Es concierto de los dos? | |
| MARCELA. | ¿Concierto? ¡Bueno! | |
| FABIO. | Por Dios, | |
| | que pienso que me engañáis. | |
| MARCELA. | Confieso, Fabio, que oí | 1540 |
| | las locuras de Teodoro, | |
| | mas yo sé que a un hombre adoro | |
| | harto parecido a ti. | |
| FABIO. | ¿A mí? | |
| MARCELA. | Pues ¿no te pareces | |
| | a ti? | |
| FABIO. | Pues ¿a mí, Marcela? | 1545 |
| MARCELA. | Si te hablo con cautela, | |
| | Fabio, si no me enloqueces, | |
| | si tu talle no me agrada, | |
| | si no soy tuya, mi Fabio, | |
| | máteme el mayor agravio, | 1550 |
| | que es el querer despreciada. | |
| FABIO. | Es engaño conocido | |
| | o tú te quieres morir, | |

1527 M: «... *buscar./ Que...*»; B: «... *buscar, /Que...*»

1531 «cómo puse...»

1532 *majadero:* «el instrumento con que se maja o machaca alguna cosa» (*Aut.*); mano del mortero.

1536 Kossoff supone que el antecedente de «*de los que*» debe ser el término *engaño,* pronunciado dos versos antes. La enmienda que G hace a M y B no resuelve el problema: «*de lo que*».

1537 *concierto:* acuerdo.

1552 *conocido:* evidente, manifiesto, sabido.

|          | pues quieres restituir |      |
|----------|------------------------|------|
|          | el alma que me has debido. | 1555 |
|          | Si es burla o es invención, |      |
|          | ¿a qué camina tu intento? |      |
| DOROTEA. | Fabio, ten atrevimiento |      |
|          | y aprovecha la ocasión; |      |
|          | que hoy te ha de querer Marcela | 1560 |
|          | por fuerza. |      |
| FABIO.   | Por voluntad |      |
|          | fuera amor, fuera verdad. |      |
| DOROTEA. | Teodoro más alto vuela; |      |
|          | de Marcela se descarta. |      |
| FABIO.   | Marcela, a buscarle voy. | 1565 |
|          | Bueno en sus desdenes soy; |      |
|          | si amor te convierte en carta, |      |
|          | el sobrescrito a Teodoro, |      |
|          | y en su ausencia, denla a Fabio; |      |
|          | mas yo perdono el agravio | 1570 |
|          | aunque ofenda mi decoro, |      |
|          | y de espacio te hablaré, |      |
|          | siempre tuyo en bien o en mal. |      |

*(Váyase.)*

| DOROTEA. | ¿Qué has hecho? |      |
| MARCELA. | No sé; estoy tal, |      |
|          | que de mí misma no sé. | 1575 |
|          | Anarda ¿no quiere a Fabio? |      |
| DOROTEA. | Sí quiere. |      |

---

1564-1570 «descartarse»: además del sentido recto, «vale también metafóricamente excusarse de algo que se le impone o manda hacer» *(Aut.)*. La introducción de este término permite a Fabio jugar, en los versos siguientes, con un sentido anfibológico; *carta:* baraja, en primera instancia, y textualmente como misiva. Lope aprovecha para convertir los vv. 1568-1572 en burla de fórmulas epistolares, desde la dirección *(sobrescrito)* hasta la despedida *(siempre tuyo en bien o en mal)*. En resumidas cuentas, Marcela se ofrece a Fabio para acabar con los amores de Anarda y Fabio; pero éste la rechaza.

1572 *de espacio:* forma antigua que en Lope alterna con la moderna «despacio» (vv. 32 y 832 del primer acto, por ejemplo); ésta no se impuso hasta bien entrado el siglo XVIII.

| MARCELA. | Pues de los dos |
|---|---|
| | me vengo, que amor es dios |
| | de la envidia y del agravio. |

*(Salen la condesa y ANARDA.)*

| DIANA. | Ésta ha sido la ocasión; | 1580 |
|---|---|---|
| | no me reprehendas más. | |
| ANARDA. | La disculpa que me das | |
| | me ha puesto en más confusión. | |
| | Marcela está aquí, señora, | |
| | hablando con Dorotea. | 1585 |
| DIANA. | Pues no hay disgusto que sea | |
| | para mí mayor agora. | |
| | Salte allá afuera, Marcela. | |
| MARCELA. | Vamos, Dorotea, de aquí. | |
| | Bien digo yo que de mí | 1590 |
| | o se enfada o se recela. | |

*(Váyanse MARCELA y DOROTEA.)*

| ANARDA. | ¿Puédote hablar? | |
|---|---|---|
| DIANA. | Ya bien puedes. | |
| ANARDA. | Los dos que de aquí se van | |
| | ciegos de tu amor están; | |
| | tú en desdeñarlos, excedes | 1595 |
| | la condición de Anajarte, | |

---

1580 G añade acotación: «Diana. *(Ap. a Anarda)*», que incluye hasta el v. 1587. Aunque las ediciones antiguas adjudican así el orden de esta réplica y las dos siguientes a Diana y Anarda, Koehler invierte y reparte de otro modo (Anarda, 1580-1581; Diana 1582-1583: Anarda, 1584-1585, y Diana, 1596 y ss.) por parecerle impropios de un personaje inferior como Anarda los vv. 1582-1583.

1590 G añade acotación: «*(Ap.) Bien digo... /... recela*».

1593 *los dos:* el marqués y el conde.

1596 *Anajarte,* o Anaxáreta fue doncella chipriota; según Ovidio, *Metamorfosis,* vv. 689-711, rechazó el amor de un joven de su isla llamado Ifis, que terminaría ahorcándose a la puerta de la casa de su amada. Su indiferencia ante el hecho la impulsó a contemplar desde su ventana el paso del entierro

|         | la castidad de Lucrecia;              |      |
|         | y quien a tantos desprecia...         |      |
| DIANA.  | Ya me canso de escucharte.            |      |
| ANARDA. | ¿Con quién te piensas casar?          | 1600 |
|         | ¿No puede el marqués Ricardo,         |      |
|         | por generoso y gallardo,              |      |
|         | si no exceder, igualar                |      |
|         | al más poderoso y rico?               |      |
|         | Y la más noble mujer,                 | 1605 |
|         | ¿también no lo puede ser              |      |
|         | de tu primo Federico?                 |      |
|         | ¿Por qué los has despedido            |      |
|         | con tan extraño desprecio?            |      |
| DIANA.  | Porque uno es loco, otro necio,       | 1610 |
|         | y tú, en no haberme entendido,        |      |
|         | más, Anarda, que los dos.             |      |
|         | No los quiero, porque quiero,         |      |
|         | y quiero porque no espero             |      |
|         | remedio.                              |      |
| ANARDA. | ¡Válame Dios!                         | 1615 |
|         | ¿Tú quieres?                          |      |
| DIANA.  | ¿No soy mujer?                        |      |
| ANARDA. | Sí, pero imagen de hielo,             |      |
|         | donde el mismo sol del cielo          |      |
|         | podrá tocar y no arder.               |      |

de Ifis; irritada por su dureza, la diosa Afrodita la convirtió en estatua de piedra en esa posición de asomarse a la ventana. La leyenda, que pasó a través de Ovidio a la literatura española, era tan popular que Herrera dice en sus *Anotaciones* a las *Obras* de Garcilaso que «por ser muy vulgar esta fábula [...] dejo de referilla». La cuenta El Brocense, Herrera menciona la versión de Diego Hurtado de Mendoza, aparece por vez primera en poesía con Garcilaso, *Canción V*, vv. 66-105, y en el barroco gozó de gran fortuna, desde un soneto de Carrillo y Sotomayor a una glosa de Salcedo Coronel. En teatro, ambos personajes mitológicos centran la pieza de Calderón *La fiera, el rayo y la piedra*.

1597 El suicidio de Lucrecia tras ser violada por Tarquino fue uno de los tópicos más difundidos de la tradición latina en la cultura europea.

1600 B: «*¿Con quién se piensa casar?*», evidente errata de transcripción, que ya corregía la fe de erratas de M.

1602 *generoso*: como en 305, «noble, de ilustre prosapia» *(Aut.)*.

1615 *válame*: «válgame».

| | | |
|---|---|---|
| DIANA. | Pues esos hielos, Anarda, | 1620 |
| | dieron todos a los pies | |
| | de un hombre humilde. | |
| ANARDA. | ¿Quién es? | |
| DIANA. | La vergüenza me acobarda | |
| | que de mi propio valor | |
| | tengo; no diré su nombre; | 1625 |
| | basta que sepas que es hombre, | |
| | que puede infamar mi honor. | |
| ANARDA. | Si Pasife quiso un toro, | |
| | Semíramis un caballo, | |
| | y otras los monstros que callo | 1630 |
| | por no infamar su decoro, | |
| | ¿qué ofensa te puede hacer | |
| | querer hombre, sea quien fuere? | |
| DIANA. | Quien quiere, puede, si quiere, | |
| | como quiso, aborrecer. | 1635 |
| | Esto es lo mejor: yo quiero | |
| | no querer. | |
| ANARDA. | ¿Podrás? | |
| DIANA. | Podré, | |
| | que si cuando quise amé, | |
| | no amar, en queriendo, espero. | |

*(Toquen dentro.)*

---

1628-1629 *Pasife:* Pasífae, esposa del rey Minos de Creta, se enamoró irresistiblemente de un toro; para satisfacer su pasión, Dédalo fabricó para Pasífae una ternera en cuyo interior se ocultó la reina; engañado el toro por el realismo del simulacro, copuló con ella. De la coyunda nació el Minotauro, mitad hombre y mitad toro.

*Semíramis:* reina de Asiria en el siglo IX antes de Cristo, famosa por su inteligencia y valor, a quien se atribuye, según Diodoro de Sicilia, la construcción de los jardines colgantes de Nínive, una vez que murió su segundo esposo Nino. Mandó edificar numerosas ciudades a orillas del Éufrates y del Tigris, organizó y dirigió su ejército por toda Asia e intentó conquistar la India. A este personaje más o menos histórico se le adjudicó una leyenda de amores libertinos y desenfrenados.

1630 *monstros:* la forma más difundida en la época, y más cercana al étimo latino *monstrum*, era *monstro*. En Lope es la más frecuente junto con *monstruo*, aunque también empleó variantes como *mostruo* y *mostro*.

|          | ¿Quién canta?                               |      |
|----------|---------------------------------------------|------|
| ANARDA.  | Fabio con Clara.                            | 1640 |
| DIANA.   | ¡Ojalá que me diviertan!                    |      |
| ANARDA.  | Música y amor conciertan                    |      |
|          | bien; en la canción repara.                 |      |

*(Canten dentro.)*

*¡Oh quién pudiera hacer, oh quién hiciese*
*que en no queriendo amar aborreciese!* 1645
*¡Oh quién pudiera hacer, oh quién hiciera*
*que en no queriendo amar aborreciera!*

|          |                                             |      |
|----------|---------------------------------------------|------|
| ANARDA.  | ¿Qué te dice la canción?                    |      |
|          | ¿No ves que te contradice?                  |      |
| DIANA.   | Bien entiendo lo que dice,                  | 1650 |
|          | mas yo sé mi condición,                     |      |
|          | y sé que estará en mi mano,                 |      |
|          | como amar, aborrecer.                       |      |
| ANARDA.  | Quien tiene tanto poder                     |      |
|          | pasa del límite humano.                     | 1655 |

*(*TEODORO *entre.)*

|          |                                             |      |
|----------|---------------------------------------------|------|
| TEODORO. | Fabio me ha dicho, señora,                  |      |
|          | que le mandaste buscarme.                   |      |
| DIANA.   | Horas ha que te deseo.                      |      |
| TEODORO. | Pues ya vengo a que me mandes,              |      |
|          | y perdona si he faltado.                    | 1660 |
| DIANA.   | Ya has visto a estos dos amantes,           |      |
|          | estos dos mis pretendientes.                |      |
| TEODORO. | Sí, señora.                                 |      |
| DIANA.   | Buenos talles                               |      |
|          | tienen los dos.                             |      |

---

1647 M corrige en su fe de erratas «amor» por «amar». B sigue, sin embargo, la errata.

1658 Diana insinúa con «deseo» más de lo que dice en su sentido directo el término.

| TEODORO. | Y muy buenos. | |
|---|---|---|
| DIANA. | No quiero determinarme | 1665 |
| | sin tu consejo. ¿Con cuál | |
| | te parece que me case? | |
| TEODORO. | Pues ¿qué consejo, señora, | |
| | puedo yo en las cosas darte | |
| | que consisten en tu gusto? | 1670 |
| | Cualquiera que quieras darme | |
| | por dueño, será el mejor. | |
| DIANA. | Mal pagas el estimarte | |
| | por consejero, Teodoro, | |
| | en caso tan importante. | 1675 |
| TEODORO. | Señora, en casa, ¿no hay viejos | |
| | que entienden de casos tales? | |
| | Otavio, tu mayordomo, | |
| | con experiencia lo sabe, | |
| | fuera de su larga edad. | 1680 |
| DIANA. | Quiero yo que a ti te agrade | |
| | el dueño que has de tener. | |
| | ¿Tiene el marqués mejor talle | |
| | que mi primo? | |
| TEODORO. | Sí, señora. | |
| | | |
| DIANA. | Pues elijo al marqués; parte, | 1685 |
| | y pídele las albricias. | |

*(Váyase la condesa.)*

| TEODORO. | ¿Hay desdicha semejante? | |
|---|---|---|
| | ¿Hay resolución tan breve? | |
| | ¿Hay mudanza tan notable? | |
| | ¿Éstos eran los intentos | 1690 |

---

1680 *fuera de:* «además» *(Aut.).*

1686 *albricias:* «las dádivas, regalo o dones que se hacen pidiéndole o sin pedirle, por alguna buena nueva o feliz suceso, a la persona que lleva o da la primera noticia al interesado» *(Aut.).*

G añade al final de verso la acotación: *«(Vanse la Condesa y Anarda)».*

que tuve? ¡Oh sol, abrasadme
las alas con que subí
(pues vuestro rayo deshace
las mal atrevidas plumas)
a la belleza de un ángel!                    1695
Cayó Diana en su error.
¡Oh, qué mal hice en fiarme
de una palabra amorosa!
¡Ay! ¡Cómo entre desiguales
mal se concierta el amor!                    1700
Pero ¿es mucho que me engañen
aquellos ojos a mí,
si pudieran ser bastantes
a hacer engaños a Ulises?
De nadie puedo quejarme                      1705
sino de mí, pero en fin,
¿qué pierdo cuando me falte?
Haré cuenta que he tenido
algún accidente grave,
y que mientras me duró,                      1710
imaginé disparates.
No más; despedíos de ser,
oh pensamiento arrogante,
conde de Belflor; volved
la proa a la antigua margen;                 1715
queramos nuestra Marcela;
para vos, Marcela baste.
Señoras busquen señores;
que amor se engendra de iguales;

---

1691-1695 Recuerdo del mito de Faetonte, al que la comedia ya se ha referido relacionándolo con Teorodo y su ascenso social y amoroso.

1696 *cayó ... en su error:* cayó en la cuenta de su error, advirtió su equivocación.

1704 El héroe de la *Odisea* ha pasado a la tradición literaria como modelo supremo de cordura y sagacidad.

1707 *cuando:* «aun cuando».

1709 *accidente:* «cualquier indisposición que de repente sobreviene al hombre» *(Covarrubias).*

1712 *despedíos:* trisílaba para la cuenta silábica.

y pues en aire nacisteis,                    1720
quedad convertido en aire;
que donde méritos faltan
los que piensan subir, caen.


*(Sale* FABIO.)


FABIO.        ¿Hablaste ya con mi señora?
TEODORO.                            Agora,
Fabio, la hablé, y estoy con gran contento, 1725
porque ya la condesa mi señora
rinde su condición al casamiento.
Los dos que viste, cada cual la adora,
mas ella, con su raro entendimiento,
al marqués escogió.
FABIO.                      Discreta ha sido.   1730
TEODORO.   Que gane las albricias me ha pedido,
    mas yo, que soy tu amigo, quiero darte,
Fabio, aqueste provecho; parte presto,
y pídelas por mí.
FABIO.                  Si debo amarte,
muestra la obligación en que me has puesto. 1735
Voy como un rayo, y volveré a buscarte,
satisfecho de ti, contento desto.
Y alábese el marqués, que ha sido empresa
de gran valor rendirse la condesa.


*(Vase* FABIO *y sale* TRISTÁN.)


TRISTÁN.     Turbado a buscarte vengo.         1740
    ¿Es verdad lo que me han dicho?
TEODORO.  ¡Ay Tristán! Verdad será
si son desengaños míos.
TRISTÁN.  Ya, Teodoro, en las dos sillas


---

1720 M y B: *«nacistes»*.
1731 *albricias:* véase nota al v. 1686.

|              | los dos batanes he visto          | 1745 |
|              | que molieron a Diana,             |      |
|              | pero que hubiese elegido,         |      |
|              | hasta agora no lo sé.             |      |
| TEODORO.     | Pues, Tristán, agora vino         |      |
|              | ese tornasol mudable,             | 1750 |
|              | esa veleta, ese vidrio,           |      |
|              | ese río junto al mar,             |      |
|              | que vuelve atrás aunque es río;   |      |
|              | esa Diana, esa luna,              |      |
|              | esa mujer, ese hechizo,           | 1755 |
|              | ese monstro de mudanzas,          |      |
|              | que sólo perderme quiso           |      |
|              | por afrentar sus vitorias;        |      |
|              | y que dijese me dijo              |      |
|              | cuál de los dos me agradaba       | 1760 |
|              | porque sin consejo mío            |      |
|              | no se pensaba casar.              |      |
|              | Quedé muerto y tan perdido,       |      |
|              | que no responder locuras          |      |
|              | fue de mi locura indicio;         | 1765 |
|              | díjome, en fin, que el marqués    |      |
|              | le agradaba, y que yo mismo       |      |
|              | fuese a pedir las albricias.      |      |
| TRISTÁN.     | Ella, en fin, ¿tiene marido?      |      |
| TEODORO.     | El marqués Ricardo.               |      |
| TRISTÁN.     | Pienso | 1770 |
|              | que a no verte sin juïcio,        |      |

---

1745 *batán:* «máquina que consta de unos mazos de madera muy gruesos, que mueve una rueda con la violencia y corriente del agua, los cuales suben y bajan alternadamente, y con los golpes que dan al tiempo de caer aprietan los paños, ablandan las pieles y hacen el efecto de que se necesita para semejantes obrajes. Díjose 'batán' del verbo 'batir', porque golpean los paños, las pieles» *(Aut.).* Los batanes sirven a Tristán para calificar a los pretendientes, que han conseguido, a fuerza de insistencia, ablandar la cerrazón de Diana al amor.

1750 *tornasol:* girasol.

1751 *vidrio:* «metafóricamente, y con especialidad en la poesía se llama agua» *(Aut.).*

1756 *monstro:* véase nota al v. 1630.

|            | y porque dar aflicción                          |      |
|            | no es justo a los afligidos,                    |      |
|            | que agora te diera vaya                         |      |
|            | de aquel pensamiento altivo                     | 1775 |
|            | con que a ser conde aspirabas.                  |      |
| TEODORO.   | Si aspiré, Tristán, ya expiro.                  |      |
| TRISTÁN.   | La culpa tienes de todo.                        |      |
| TEODORO.   | No lo niego, que yo he sido                     |      |
|            | fácil en creer los ojos                         | 1780 |
|            | de una mujer.                                   |      |
| TRISTÁN.   | Yo te digo                                      |      |
|            | que no hay vasos de veneno                      |      |
|            | a los mortales sentidos,                        |      |
|            | Teodoro, como los ojos                          |      |
|            | de una mujer.                                   |      |
| TEODORO.   | De corrido,                                     | 1785 |
|            | te juro, Tristán, que apenas                    |      |
|            | puedo levantar los míos.                        |      |
|            | Esto pasó, y el remedio                         |      |
|            | es sepultar en olvido                           |      |
|            | el suceso y el amor.                            | 1790 |
| TRISTÁN.   | ¡Qué arrepentido y contrito                     |      |
|            | has de volver a Marcela!                        |      |
| TEODORO.   | Presto seremos amigos.                          |      |

*(Sale* MARCELA.)

| MARCELA.   | ¡Qué mal que finge amor quien no le             |      |
|            | [tiene!                                          |      |
|            | ¡Qué mal puede olvidarse amor de un año,        | 1795 |
|            | pues mientras más el pensamiento engaño,        |      |
|            | más atrevido a la memoria viene!                |      |
|            | Pero si es fuerza y al honor conviene,          |      |
|            | remedio suele ser del desengaño                 |      |
|            | curar el propio amor amor extraño;              | 1800 |

---

1774 *vaya:* «burla o mofa que se hace de alguno» *(Aut.)*. Según Covarrubias se emplea en la expresión, que califica de vulgar, «dar la vaya».

1785 *corrido:* «avergonzado».

1794 G añade acotación: *«(Para sí)* Qué mal...».

que no es poco remedio el que entretiene.
          Mas ¡ay! que imaginar que puede amarse
en medio de otro amor es atreverse
a dar mayor venganza por vengarse.
          Mejor es esperar que no perderse,          1805
que suele alguna vez, pensando helarse,
amor con los remedios encenderse.

TEODORO.     Marcela.
MARCELA.               ¿Quién es?
TEODORO.                         Yo soy.
          ¿Así te olvidas de mí?
MARCELA.     Y tan olvidada estoy,                   1810
que a no imaginar en ti
fuera de mí misma voy.
          Porque si en mí misma fuera,
te imaginara y te viera,
que para no imaginarte,                              1815
tengo el alma en otra parte,
aunque olvidarte no quiera.
          ¿Cómo me osaste nombrar?
¿Cómo cupo en esa boca
mi nombre?
TEODORO.               Quise probar                  1820
tu firmeza, y es tan poca
que no me ha dado lugar.
          Ya dicen que se empleó
tu cuidado en un sujeto
que mi amor sostituyó.                               1825
MARCELA.     Nunca, Teodoro, el discreto
mujer ni vidrio probó.
          Mas no me des a entender
que prueba quisiste hacer;

---

1811 *imaginar en ti:* «pensar en ti».
1824 *cuidado:* «amor, preocupación amorosa»: véase, por ejemplo, Garcilaso, soneto I: «más he yo sentido / ver acabar conmigo mi cuidado», y nota
en la ed. de E. Rivers, *Obras completas con comentario,* Madrid, 1974.
1825 *sostituir:* no aparece en esta forma en *Covarrubias;* «lo mismo que sustituir, que es como se dice» *(Aut.).*

118

yo te conozco, Teodoro;                1830
unos pensamientos de oro
te hicieron enloquecer.
     ¿Cómo te va? ¿No te salen
como tú los imaginas?
¿No te cuestan lo que valen?          1835
¿No hay dichas que las divinas
partes de tu dueño igualen?
     ¿Qué ha sucedido? ¿Qué tienes?
Turbado, Teodoro, vienes.
¿Mudóse aquel vendaval?               1840
¿Vuelves a buscar tu igual,
o te burlas y entretienes?
     Confieso que me holgaría
que dieses a mi esperanza,
Teodoro, un alegre día.               1845
TEODORO.  Si le quieres con venganza,
¿qué mayor, Marcela mía?
     Pero mira que el amor
es hijo de la nobleza;
no muestres tanto rigor;              1850
que es la venganza bajeza
indigna del vencedor.
     Venciste: yo vuelvo a ti,
Marcela, que no salí
con aquel mi pensamiento.             1855
Perdona el atrevimiento
si ha quedado amor en ti.
     No porque no puede ser
proseguir las esperanzas
con que te pude ofender,              1860
mas porque en estas mudanzas
memorias me hacen volver.

----

1837 *partes:* «usado en plural se llaman las prendas y dotes naturales que
adornan a una persona» *(Aut.).*
1841 M: *«buscas».*
1854-1855 «Salir con algo. Vale conseguir lo que se desea o solicita»
*(Aut.).* Véanse también los vv. 2548 y 2955.

|            | Sean, pues, estas memorias |      |
|            | parte a despertar la tuya, |      |
|            | pues confieso tus vitorias. | 1865 |
| MARCELA.   | No quiera Dios que destruya |      |
|            | los principios de tus glorias. |      |
|            | Sirve, bien haces, porfía, |      |
|            | no te rindas, que dirá |      |
|            | tu dueño que es cobardía; | 1870 |
|            | sigue tu dicha, que ya |      |
|            | voy prosiguiendo la mía. |      |

<br/>

Sean, pues, estas memorias
parte a despertar la tuya,
pues confieso tus vitorias.                    1865
MARCELA.   No quiera Dios que destruya
los principios de tus glorias.
           Sirve, bien haces, porfía,
no te rindas, que dirá
tu dueño que es cobardía;                       1870
sigue tu dicha, que ya
voy prosiguiendo la mía.
           No es agravio amar a Fabio,
pues me dejaste, Teodoro,
sino el remedio más sabio,                      1875
que aunque el dueño no mejoro,
basta vengar el agravio.
           Y quédate a Dios; que ya
me cansa el hablar contigo;
no venga Fabio, que está                        1880
medio casado conmigo.
TEODORO.   Tenla, Tristán; que se va.
TRISTÁN.          Señora, señora, advierte
que no es volver a quererte
dejar de haberte querido.                       1885
Disculpa el buscarte ha sido,
si ha sido culpa ofenderte.
           Óyeme, Marcela, a mí.
MARCELA    ¿Qué quieres, Tristán?
TRISTÁN.                                Espera.

*(Salen la condesa y* ANARDA.*)*

---

1863-1864 *Ser parte a:* servir para. Véase nota al v. 998.

1865 *vitorias:* véase nota al v. 233.

1868 *servir:* «vale también cortejar o festejar a alguna dama, solicitando su favor» *(Aut.).*

1872 *prosiguiendo:* «persiguiendo».

1880 *no venga Fabio:* «no vaya a ser que venga Fabio, y me vea aquí».

1889 G añade tras el verso la acotación: «(Diana, Anarda. — Teodoro, Marcela y Tristán, *sin verlas)*».

| | | |
|---|---|---|
| DIANA. | ¡Teodoro y Marcela aquí! | 1890 |
| ANARDA. | ¿Parece que el ver te altera | |
| | que estos dos se hablen ansí? | |
| DIANA. | Toma, Anarda, esa antepuerta | |
| | y cubrámonos las dos. | |
| | Amor con celos despierta. | 1895 |
| MARCELA. | Déjame, Tristán, por Dios. | |
| ANARDA. | Tristán a los dos concierta, | |
| | que deben de estar reñidos. | |
| DIANA. | El alcahuete lacayo | |
| | me ha quitado los sentidos. | 1900 |
| TRISTÁN. | No pasó más presto el rayo | |
| | que por sus ojos y oídos | |
| | pasó la necia belleza | |
| | desa mujer que le adora. | |
| | Ya desprecia su riqueza, | 1905 |
| | que más riqueza atesora | |
| | tu gallarda gentileza. | |
| | Haz cuenta que fue cometa | |
| | aquel amor. Ven acá | |
| | Teodoro. | |
| DIANA. | ¡Brava estafeta | 1910 |
| | es el lacayo! | |
| TEODORO. | Si ya | |
| | Marcela, a Fabio sujeta, | |
| | dice que le tiene amor, | |
| | ¿por qué me llamas Tristán? | |
| TRISTÁN. | ¡Otro enojado! | |

---

1890 G añade tras el nombre del personaje: «*(Ap.)*».

1891 G añade tras el nombre del personaje: «*(Ap. a la Condesa)*».

1893 *antepuerta:* «la cortina, paño o cancel que se pone delante de una puerta, o por abrigo, o por mayor decencia, para que desde afuera no se registre el aposento» *(Aut.)*.

1895 G añade tras el nombre del personaje: «*(Ap.)*», y a continuación: «*(Ocúltanse Diana y Anarda)*».

1897 G añade tras el nombre del personaje: «*(Ap. a Diana)*».

1910 G añade antes de que Diana hable: «*(Ap.)*».

| | | |
|---|---|---|
| TEODORO. | Mejor; | 1915 |
| | los dos casarse podrán. | |
| TRISTÁN. | ¿Tú también? ¡Bravo rigor! | |
| | Ea, acaba, llega pues, | |
| | dame esa mano, y despúes | |
| | que se hagan las amistades. | 1920 |
| TEODORO. | Necio, ¿tú me persüades? | |
| TRISTÁN. | Por mí quiero que le des | |
| | la mano esta vez, señora. | |
| TEODORO. | ¿Cuándo he dicho yo a Marcela | |
| | que he tenido a nadie amor? | 1925 |
| | Y ella me ha dicho... | |
| TRISTÁN. | Es cautela | |
| | para vengar tu rigor. | |
| MARCELA. | No es cautela; que es verdad. | |
| TRISTÁN. | Calla, boba; ea, llegad. | |
| | ¡Qué necios estáis los dos! | 1930 |
| TEODORO. | Yo rogaba, mas, por Dios, | |
| | que no he de hacer amistad. | |
| MARCELA. | Pues a mí me pase un rayo. | |
| TRISTÁN. | No jures. | |
| MARCELA. | Aunque le muestro | |
| | enojo, ya me desmayo. | 1935 |
| TRISTÁN. | Pues tente firme. | |
| DIANA. | ¡Qué diestro | |
| | está el bellaco lacayo! | |

---

1915 M: «*Mejor. /los...*»; B: «*Mejor / los...*»

1917 *rigor:* crueldad o exceso en el castigo: también en el v. 1927. El término funde dos valores en la lengua clásica, el de explosión de violencia al conocerse un suceso, y el de castigo y condena.

1930-1945 Teodoro y Marcela no se hablan directamente, sino a través del criado, Tristán; la comicidad del recurso es frecuente en el teatro universal: compárese con una escena semejante en *El Tartufo,* de Molière, en que Valerio y Mariana dialogan a través de Dorina. Puede verse mi edición *El Tartufo o el Impostor,* II, iv, págs. 159-161, ed. Espasa-Calpe, Madrid, 1994, donde remito al estudio y comparación que E. Martinenche hizo de los pasajes de Lope y de Molière: *Molière et le théâtre espagnol,* París, 1906, pág. 169.

1933 *pase:* «traspase».

1934 G añade antes de que Marcela hable : «*(Ap. a Tristán)*».

1936 G añade antes de que hable Diana: «*(Ap.)*».

MARCELA.     Déjame, Tristán; que tengo
               que hacer.
TEODORO.                    Déjala, Tristán.
TRISTÁN.     Por mí, vaya.
TEODORO.                    Tenla.
MARCELA.                         Vengo,                     1940
               mi amor.
TRISTÁN.               ¿Cómo no se van,
               ya que a ninguno detengo?
MARCELA.     ¡Ay, mi bien! No puedo irme.
TEODORO.     Ni yo, porque no es tan firme
               ninguna roca en la mar.                      1945
MARCELA.     Los brazos te quiero dar.
TEODORO.     Y yo a los tuyos asirme.
TRISTÁN.       Si yo no era menester
               ¿por qué me hicisteis cansar?
ANARDA.      ¿Desto gustas?
DIANA.                         Vengo a ver                  1950
               lo poco que hay que fiar
               de un hombre y una mujer.
TEODORO.     ¡Ay! ¡Qué me has dicho de afrentas!
TRISTÁN.     Yo he caído ya con veros
               juntar las almas contentas,                 1955
               que es desgracia de terceros
               no se concertar las ventas.
MARCELA.       Si te trocare, mi bien,
               por Fabio, ni por el mundo,
               que tus agravios me den                      1960
               la muerte.

---

1941-1942 M y B: «*no se van / ya, que a ninguno detengo*».

1949 M y B: «*hicistes*», como en v. 1720.

1950 G añade tras el nombre del personaje: «*(Ap. a la Condesa)*».

1953 *¡qué me has dicho de afrentas!*: «¡cuántas afrentas me has dicho», como en los vv. 686 y 1338.

1954-1957 David Kossoff interpreta *caer* como «caer en desgracia o infortunio» a partir de Cuervo. Y Tristán ha caído en desgracia porque «los dos amantes hicieron las paces sin la intervención de él [...] y por tanto queda como el agente (tercero) que no ha logrado que las ventas se concertasen». Otra interpretación, que Kossoff admite, podría ser «advertir, comprender, caer en la cuenta».

| TEODORO. | Hoy de nuevo fundo, | |
|---|---|---|
| | Marcela, mi amor también, | |
| | y si te olvidare, digo | |
| | que me dé el cielo en castigo | |
| | el verte en brazos de Fabio. | 1965 |
| MARCELA. | ¿Quieres deshacer mi agravio? | |
| TEODORO. | ¿Qué no haré por ti y contigo? | |
| MARCELA. | Di que todas las mujeres | |
| | son feas. | |
| TEODORO. | Contigo, es claro. | |
| | Mira qué otra cosa quieres. | 1970 |
| MARCELA. | En ciertos celos reparo, | |
| | ya que tan mi amigo eres; | |
| | que no importa que esté aquí | |
| | Tristán. | |
| TRISTÁN. | Bien podéis por mí, | |
| | aunque de mí mismo sea. | 1975 |
| MARCELA. | Di que la condesa es fea. | |
| TEODORO. | Y un demonio para mí. | |
| MARCELA. | ¿No es necia? | |
| TEODORO. | Por todo extremo. | |
| MARCELA. | ¿No es bachillera? | |
| TEODORO. | Es cuitada. | |
| DIANA. | Quiero estorbarlos, que temo | 1980 |
| | que no reparen en nada, | |
| | y aunque me hielo, me quemo. | |
| ANARDA. | ¡Ay señora! No hagas tal. | |
| TRISTÁN. | Cuando queráis decir mal | |
| | de la condesa y su talle, | 1985 |
| | a mí me oíd. | |
| DIANA. | ¿Escuchalle | |
| | podré desvergüenza igual? | |

---

1969 *contigo:* «en comparación contigo».

1974 Entiéndase: «por mí bien podéis decir lo que sea, incluso de mí».

1979 *bachillera:* «que habla mucho fuera de propósito y sin fundamento» *(Aut.)*. Véase *bachillería* en el v. 93 y nota.

*cuitado:* «vale también lo mismo que apocado, corto de ánimo, miserable, mezquino» *(Aut.)*.

1980 G añade tras el nombre del personaje: «*(Ap. a Anarda)*».

TRISTÁN.    Lo primero...
DIANA.                     Yo no aguardo
            a lo segundo, que fuera
            necedad.
MARCELA.              Voyme, Teodoro.                    1990

            *(Váyase con una reverencia MARCELA.)*

TRISTÁN.    ¿La condesa?
TEODORO.              ¡La condesa!
DIANA.      Teodoro.
TEODORO.              Señora, advierte...
TRISTÁN.    El cielo a tronar comienza;
            no pienso aguardar los rayos.

                    *(Vase TRISTÁN.)*

DIANA.      Anarda, un bufete llega.                    1995
            Escribiráme Teodoro
            una carta de su letra,
            pero notándola yo.
TEODORO.    Todo el corazón me tiembla,
            si oyó lo que hablado habemos.              2000
DIANA.      Bravamente amor despierta
            con los celos a los ojos.
            ¡Que aqueste amase a Marcela,
            y que yo no tenga partes
            para que también me quiera!                 2005

---

1988 G añade tras el nombre del personaje: *«(Ap.)»*.

1991 G añade tras el nombre del personaje: *«(Ap.)»*.

1993 G añade tras el nombre del personaje: *«(Ap.)»*.

1995 *bufete:* «mesa grande, o a lo menos mediana y portátil que regularmente se hace de madera, o piedra, más o menos preciosa, y consta de una tabla o dos juntas, que se sostienen en pies de la misma u otra materia» *(Aut.).*
*llega:* «trae, acerca».

1998 *notar:* «se usa asimismo por dictar, para que otro escriba» *(Aut.).*

1999 G añade tras el nombre del personaje: *«(Ap.)»*.

2000 *habemos:* forma arcaica de *hemos*, frecuente todavía en la época, y útil en poesía sobre todo para la cuenta silábica. En los orígenes de la lengua predomina como auxiliar sobre *hemos* (en el *Cantar del Cid*, por ejemplo).

2001 G añade tras el nombre del personaje: *«(Ap.)»*.

2004 *partes:* «prendas, cualidades»; véase v. 1836.

| | ¡Que se burlasen de mí! |
|---|---|
| TEODORO. | Ella murmura y se queja; |
| | bien digo yo que en palacio, |
| | para que a callar aprenda, |
| | tapices tienen oídos 2010 |
| | y paredes tienen lenguas. |

*(Sale* ANARDA *con un bufetillo pequeño y recado de escribir.)*

| ANARDA. | Este pequeño he traído, |
|---|---|
| | y tu escribanía. |
| DIANA. | Llega, |
| | Teodoro, y toma la pluma. |
| TEODORO. | Hoy me mata o me destierra. 2015 |
| DIANA. | Escribe. |
| TEODORO. | Di. |
| DIANA. | No estás bien |
| | con la rodilla en la tierra; |
| | ponle, Anarda, una almohada. |
| TEODORO. | Yo estoy bien. |
| DIANA. | Pónsela, necia. |
| TEODORO. | No me agrada este favor 2020 |
| | sobre enojos y sospechas; |
| | que quien honra las rodillas |
| | cortar quiere la cabeza. |
| | Yo aguardo. |

---

2007 G añade tras el nombre del personaje: «*(Ap.)*».

2010 Teodoro ve confirmado lo que temía en el v. 1450.

2011+ *bufetillo:* «de ordinario se suele tomar por el que sirve para el tocador de las mujeres, o para adorno en los estrados» *(Aut.)*.

*recado:* «se toma asimismo por todo lo que se necesita y sirve para formar o ejecutar alguna cosa, como recado de escribir...» *(Aut.)*.

2013 *escribanía:* «la caja donde se trae el recaudo para escribir; unas son portátiles y otras de asiento» *(Covarrubias)*.

2015 G añade tras el nombre del personaje: «*(Ap.)*».

2017 En la época, los criados, además de recibir insultos y golpes, servían con mucha frecuencia de rodillas: la costumbre merece el calificativo de «soberbia muy desamedrentada» a J. Zabaleta en *El día de fiesta por la tarde,* ed. de Doty, Jena, 1938, págs. 42 y 140 (citado por Kossoff).

2020 G añade tras el nombre del personaje: «*(Ap.)*».

2021 *sobre:* además de.

126

| DIANA. | Yo digo ansí. | |
|---|---|---|
| TEODORO. | Mil cruces hacer quisiera. | 2025 |

*(Siéntese la condesa en una silla alta.*
*Ella diga y él vaya escribiendo.)*

DIANA. «Cuando una mujer principal se ha decla-
rado con un hombre humilde, eslo mucho
el término de volver a hablar con otra, mas
quien no estima su fortuna, quédese para
necio.»

TEODORO. ¿No dices más?

DIANA.               Pues ¿qué más?
El papel, Teodoro, cierra.

ANARDA. ¿Qué es esto que haces, señora?

DIANA. Necedades de amor llenas.

ANARDA. Pues ¿a quién tienes amor?        2030

DIANA. ¿Aún no le conoces, bestia?
Pues yo sé que le murmuran
de mi casa hasta las piedras.

TEODORO. Ya el papel está cerrado;
sólo el sobrescrito resta.        2035

DIANA. Pon, Teodoro, para ti,
y no lo entienda Marcela;
que quizá le entenderás
cuando de espacio le leas.

---

2025 G añade tras el nombre del personaje: «*(Ap.)*».

*mil cruces:* Teodoro quisiera santiguarse para conjurar el peligro que teme.

2025+ Los lugares de asiento poseen en esa época connotaciones de clase muy marcadas. Según Zabaleta, (ed. cit. en nota 2017, pág. 139, nota 1), «la silla sólo se ofrecía a las personas a quienes quería honrarse por su calidad». El secretario escribe a los pies de Diana, sentada en esa silla alta.

En Lope, la prosa sólo aparece prácticamente en cartas y billetes. No entra aquí en la cuenta de los versos.

línea 2 *eslo:* lo es.

línea 3 *término:* «modo de portarse o hablar en el trato común» *(Aut.).*

2028 G añade tras el nombre del personaje: «*(Ap. a Diana)*».

2035 *sobrescrito:* véase nota a los vv. 1564-1570.

2037-2039 *entender:* su sentido es distinto en estos dos versos: en el prime-ro, vale por «conocer, advertir», mientras en el segundo vale por «compren-der».

*(Váyase y quede solo, y entre* MARCELA.)

TEODORO.    ¡Hay confusión tan extraña!          2040
            ¡Que aquesta mujer me quiera
            con pausas, como sangría,
            y que tenga intercadencias
            el pulso de amor tan grandes!

*(Sale* MARCELA.)

MARCELA.    ¿Qué te ha dicho la condesa,          2045
            mi bien? Que he estado temblando
            detrás de aquella antepuerta.
TEODORO.    Díjome que te quería
            casar con Fabio, Marcela,
            y este papel que escribí          2050
            es que despacha a su tierra
            por los dineros del dote.
MARCELA.    ¿Qué dices?
TEODORO.                Sólo que sea
            para bien, y pues te casas,
            que de burlas ni de veras          2055
            tomes mi nombre en tu boca.
MARCELA.    Oye.
TEODORO.         Es tarde para quejas.

*(Váyase.)*

---

2042 *sangría:* las sangrías se hacían mediante breves incisiones continuadas en la vena.

2043 *intercadencias:* «desigualdades del pulso en el enfermo» *(Covarrubias).* En el *Diccionario de Autoridades* aparece además: «Interrupción en lo que se dice o hace, o en el modo de hablar. //En el sentido moral vale lo mismo que veleidad o mutabilidad en el afecto.»

2051 *despachar:* «se toma asimismo por enviar» *(Aut.).* Mientras que en el verso 2446 tiene el sentido de: «abreviar y concluir algún negocio u otra cosa» *(Aut.).*

2052 *el dote:* aunque está generalizado su uso como femenino, de acuerdo con el latín, el masculino tuvo gran desarrollo y, según Corominas, todavía subsiste en refranes. El *Diccionario* de la Real Academia sigue dando el término como ambiguo en su edición más reciente (1992).

MARCELA.   No, no puedo yo creer
que aquesta la ocasión sea.
Favores de aquesta loca                         2060
le han hecho dar esta vuelta;
que él está como arcaduz,
que cuando baja, le llena
del agua de su favor,
y cuando sube, le mengua.                        2065
¡Ay de mí, Teodoro ingrato,
que luego que su grandeza
te toca al arma, me olvidas!
Cuando te quiere me dejas,
cuando te deja me quieres.                        2070
¿Quién ha de tener paciencia?

*(Sale el marqués y* FABIO.)

RICARDO.   No pude, Fabio, detenerme un hora.
Por tal merced le besaré las manos.
FABIO.     Dile presto, Marcela, a mi señora
que está el marqués aquí.
MARCELA.                        Celos tiranos,   2075
celos crueles, ¿qué queréis agora,
tras tantos locos pensamientos vanos?
FABIO.     ¿No vas?
MARCELA.            Ya voy.
FABIO.                        Pues dile que ha venido
nuestro nuevo señor y su marido.

*(Vase* MARCELA.)

---

2062 *arcaduz:* nombre que recibía cada uno de los vasos o cangilones con
que sacaban agua las norias.
2064, 2067 *su:* se refieren ambos a Diana.
2068 *te toca al arma:* cuando te llama.
2072 *un hora:* era frecuente en la época el empleo del masculino ante sustantivos femeninos con vocal inicial no acentuada; cfr. vv. 207 y 724 con el
artículo determinado *el.*
2075 G añade tras el nombre del personaje: «*(Ap.)*».

| RICARDO. | Id, Fabio, a mi posada; que mañana | 2080 |
| | os daré mil escudos y un caballo | |
| | de la casta mejor napolitana. | |
| FABIO. | Sabré, si no servillo, celebrallo. | |
| RICARDO. | Este es principio solo, que Diana | |
| | os tiene por criado y por vasallo, | 2085 |
| | y yo por sólo amigo. | |
| FABIO. | Esos pies beso. | |
| RICARDO. | No pago ansí; la obligación confieso. | |
| DIANA. | ¿Vuseñoría aquí? | |
| RICARDO. | Pues ¿no era justo | |
| | si me enviáis con Fabio tal recado, | |
| | y que después de aquel mortal disgusto | 2090 |
| | me elegís por marido y por criado? | |
| | Dadme esos pies; que de manera el gusto | |
| | de ver mi amor en tan dichoso estado | |
| | me vuelve loco, que le tengo en poco | |
| | si me contento con volverme loco. | 2095 |
| | ¿Cuándo pensé, señora, mereceros, | |
| | ni llegar a más bien que desearos? | |
| DIANA. | No acierto, aunque lo intento, a responderos. | |
| | ¿Yo he enviado a llamaros? ¿O es burlaros? | |
| RICARDO. | Fabio, ¿qué es esto? | |
| FABIO. | ¿Pude yo traeros | 2100 |
| | sin ocasión agora, ni llamaros, | |
| | menos que de Teodoro prevenido? | |
| DIANA. | Señor marqués, Teodoro culpa ha sido. | |
| | Oyóme anteponer a Federico | |
| | vuestra persona, con ser primo hermano | 2105 |

---

2083 *servillo, celebrallo*: véase nota al v. 61. El *-le* habitual en Lope se convierte aquí en *-lo* , referido a Ricardo, por necesidades de la rima en *celebrallo*, que arrastra a la forma verbal anterior.

2092-2095 El triunfo de su amor vuelve a Ricardo loco de tal manera que esa locura le parece el menor de los males.

2102 «A menos que Teodoro no me lo haya ordenado.»

2103 Para evitar la dificultad de intelección que supone «*Teodoro culpa ha sido*», G corrige: «*Culpa, Ricardo, de Teodoro ha sido*».

2105 *con*: por.

|          |                                            |      |
|----------|--------------------------------------------|------|
|          | y caballero generoso y rico,               |      |
|          | y presumió que os daba ya la mano.         |      |
|          | A vuestra señoría le suplico               |      |
|          | perdone aquestos necios.                   |      |
| RICARDO. |                              Fuera en vano |      |
|          | dar a Fabio perdón, si no estuviera        | 2110 |
|          | adonde vuestra imagen le valiera.          |      |

Bésoos los pies por el favor, y espero
que ha de vencer mi amor esta porfía.

*(Váyase el marqués.)*

| DIANA. | ¿Paréceos bien aquesto, majadero?                  |      |
|--------|----------------------------------------------------|------|
| FABIO. | ¿Por qué me culpa a mi vuseñoría?                  | 2115 |
| DIANA. | Llamad luego a Teodoro. ¡Qué ligero                |      |
|        | este cansado pretensor venía,                      |      |
|        | cuando me matan celos de Teodoro!                  |      |
| FABIO. | Perdí el caballo y mil escudos de oro.             |      |

*(Váyase FABIO y quede la condesa sola.)*

| DIANA. |     ¿Qué me quieres, amor? ¿Ya no tenía          | 2120 |
|--------|--------------------------------------------------|------|
|        | olvidado a Teodoro? ¿Qué me quieres?             |      |
|        | Pero responderás que tú no eres,                 |      |
|        | sino tu sombra, que detrás venía.                |      |
|        |     ¡Oh celos! ¿Qué no hará vuestra porfía?      |      |
|        | Malos letrados sois con las mujeres,             | 2125 |
|        | pues jamás os pidieron pareceres                 |      |
|        | que pudiese el honor guardarse un día.           |      |

---

2106 *generoso:* véase nota al v. 305.

2111 *valer:* «significa también amparar, proteger o patrocinar a alguno» *(Aut.).*

2113 *porfía:* véase nota al v. 829.

2116 G añade: «Llamad luego a Teodoro. *(Ap.)*».

2117 *pretensor:* pretendiente.

2119 G añade tras el nombre del personaje: *«(Ap.)».*

2125 *letrado:* «se llama comúnmente al abogado» *(Aut.).*

2126 *parecer:* «el voto que uno da en cualquier negocio que se le consulta, como pareceres de letrados» *(Covarrubias).*

2127 *guardarse:* cumplir.

Yo quiero a un hombre bien, mas se me
[acuerda
que yo soy mar y que es humilde barco,
y que es contra razón que el mar se pierda. 2130
    En gran peligro, amor, el alma embarco,
mas si tanto el honor tira la cuerda,
por Dios, que temo que se rompa el arco.

(Sale TEODORO y FABIO.)

| | | |
|---|---|---|
| FABIO. | Pensó matarme el marqués; | |
| | pero, la verdad diciendo, | 2135 |
| | más sentí los mil escudos. | |
| TEODORO. | Yo quiero darte un consejo. | |
| FABIO. | ¿Cómo? | |
| TEODORO. | El conde Federico | |
| | estaba perdiendo el seso | |
| | porque el marqués se casaba. | 2140 |
| | Parte y di que el casamiento | |
| | se ha deshecho, y te dará | |
| | esos mil escudos luego. | |
| FABIO. | Voy como un rayo. | |
| TEODORO. | Camina. | |
| | ¿Llamábasme? | |
| DIANA. | Bien ha hecho | 2145 |
| | ese necio en irse agora. | |
| TEODORO. | Un hora he estado leyendo | |
| | tu papel, y bien mirado, | |
| | señora, tu pensamiento, | |
| | hallo que mi cobardía | 2150 |
| | procede de tu respeto, | |

2132 *tira:* estira.

2134 G añade tras el nombre del personaje: «*(Ap. a Teodoro)*».

2144 G concluye el verso: «Camina. *(Vase Fabio)*».

2147 De hecho, hace menos de cien versos que Teodoro recibió (v. 2040) y leyó (v. 2058) la carta; y la acción ha proseguido desde entonces en tiempo real. El teatro barroco no tenía en cuenta la convención temporal desde una perspectiva realista. Lo mismo ocurre más adelante (vv. 2185-2186), cuando declara haber estado un mes enfermo en cama.

2151 *tu respeto:* el que Teodoro siente por Diana.

|          | pero que ya soy culpado |      |
|----------|-------------------------|------|
|          | en tenerle, como necio, |      |
|          | a tus muchas diligencias, |    |
|          | y así, a decir me resuelvo | 2155 |
|          | que te quiero, y que es disculpa | |
|          | que con respeto te quiero. | |
|          | Temblando estoy, no te espantes. | |
| DIANA.   | Teodoro, yo te lo creo. | |
|          | ¿Por qué no me has de querer, | 2160 |
|          | si soy tu señora y tengo | |
|          | tu voluntad obligada, | |
|          | pues te estimo y favorezco | |
|          | más que a los otros criados? | |
| TEODORO. | Ese lenguaje no entiendo. | 2165 |
| DIANA.   | No hay más que entender, Teodoro, | |
|          | ni pasar el pensamiento | |
|          | un átomo desta raya. | |
|          | Enfrena cualquier deseo; | |
|          | que de una mujer, Teodoro, | 2170 |
|          | tan principal, y más siendo | |
|          | tus méritos tan humildes, | |
|          | basta un favor muy pequeño | |
|          | para que toda la vida | |
|          | vivas honrado y contento. | 2175 |
| TEODORO. | Cierto que vuseñoría | |
|          | (perdóneme si me atrevo) | |
|          | tiene en el juïcio a veces, | |
|          | que no en el entendimiento, | |
|          | mil lúcidos intervalos. | 2180 |
|          | ¿Para qué puede ser bueno | |
|          | haberme dado esperanzas | |
|          | que en tal estado me han puesto, | |
|          | pues del peso de mis dichas | |

---

2152 *culpado:* «que ha cometido culpa» *(Aut.)*, por tener respeto a las muchas diligencias de Diana.

2180 *lúcido intervalo:* «aquel espacio de tiempo que los que están faltos de juicio, o tienen manías, están en sí y hablan en razón: lo que suele suceder hasta que les tocan especies que les inmutan» *(Aut.)*.

133

caí, como sabe, enfermo                         2185
casi un mes en una cama
luego que tratamos desto,
si cuando ve que me enfrío
se abrasa de vivo fuego,
y cuando ve que me abraso,                       2190
se hiela de puro hielo?
Dejárame con Marcela.
Mas viénele bien el cuento
del Perro del Hortelano.
No quiere, abrasada en celos,                    2195
que me case con Marcela;
y en viendo que no la quiero,
vuelve a quitarme el juïcio
y a despertarme si duermo;
pues coma o deje comer,                          2200
porque yo no me sustento
de esperanzas tan cansadas;
que si no, desde aquí vuelvo
a querer donde me quieren.

DIANA.          Eso no, Teodoro; advierto         2205
que Marcela no ha de ser.
En otro cualquier sujeto
pon los ojos; que en Marcela
no hay remedio.

TEODORO.                    ¿No hay remedio?
Pues ¿quiere vuseñoría            2210

---

2187 *luego que:* después de que.

2192 *dejárame:* mejor que me hubiera dejado, ojalá me dejara.

2194 *el perro del hortelano,* «que ni come las berzas ni las deja comer. Refrán que reprehende al que ni se aprovecha de las cosas ni deja que los otros se aprovechen de ellas» *(Aut.).* Más adelante, en los vv. 2297-2298 y 3070-3072, vuelve a citarse en su expresión más conocida, «que ni come ni deja comer». En la bibliografía pueden verse varios trabajos sobre la relación y utilización de Lope del refranero. Cfr. especialmente el trabajo más reciente de Jean Cannavagio, «*El perro del hortelano*, de refrán a enredo».

2202 *cansado:* «se toma muchas veces por molesto, porfiado e impertinente [...]. Es uno de nuestros hispanismos, porque se debía decir 'cansador', respecto de que es el que molesta y no el molestado» *(Aut.).*

2209 «No es posible.»

|            | que, si me quiere y la quiero,           |      |
|            | ande a probar voluntades?                |      |
|            | ¿Tengo yo de tener puesto,               |      |
|            | adonde no tengo gusto,                   |      |
|            | mi gusto por el ajeno?                    | 2215 |
|            | Yo adoro a Marcela y ella                |      |
|            | me adora, y es muy honesto               |      |
|            | este amor.                               |      |
| DIANA.     | ¡Pícaro infame!                          |      |
|            | Haré yo que os maten luego.              |      |
| TEODORO.   | ¿Qué hace vuseñoría?                      | 2220 |
| DIANA.     | Daros, por sucio y grosero,              |      |
|            | estos bofetones.                         |      |

*(Sale* FABIO, *y el conde* FEDERICO.*)*

| FABIO.     | Tente.                                   |      |
| FEDERICO.  | Bien dices, Fabio; no entremos.          |      |
|            | Pero mejor es llegar.                     |      |
|            | Señora mía, ¿qué es esto?                | 2225 |
| DIANA.     | No es nada: enojos que pasan             |      |
|            | entre criados y dueños.                  |      |
| FEDERICO.  | ¿Quiere vuestra señoría                  |      |
|            | alguna cosa?                             |      |
| DIANA.     | No quiero                                |      |
|            | más de hablaros en las mías.             | 2230 |
| FEDERICO.  | Quisiera venir a tiempo                  |      |
|            | que os hallara con más gusto.            |      |
| DIANA.     | Gusto, Federico, tengo;                  |      |
|            | que aquestas son niñerías.               |      |
|            | Entrad y sabréis mi intento              | 2235 |
|            | en lo que toca al marqués.               |      |

*(Váyase* DIANA.*)*

---

2212 M y B: «*han de aprobar*», mientras que G: «*ande a probar*».
2213 *tener de:* «haber de», con sentido futuro: «tener que»; lo mismo en los vv. 2260 y 3046.
2222 G añade tras el nombre de Fabio: «*(Ap. a Federico)*».

| | |
|---|---|
| FEDERICO. | Fabio. |
| FABIO. | Señor. |
| FEDERICO. | Yo sospecho |

que en estos disgustos hay
algunos gustos secretos.

FABIO.    No sé, por Dios. Admirado          2240
de ver, señor conde, quedo
tratar tan mal a Teodoro,
cosa que jamás ha hecho
la condesa mi señora.

FEDERICO.    Bañóle de sangre el lienzo.          2245

*(Váyanse* FEDERICO *y* FABIO.*)*

TEODORO.    Si aquesto no es amor, ¿qué nombre quieres,
Amor, que tengan desatinos tales?
Si así quieren mujeres principales,
furias las llamo yo, que no mujeres.

Si la grandeza excusa los placeres          2250
que iguales pueden ser en desiguales,
¿por qué, enemiga, de crueldad te vales,
y por matar a quien adoras, mueres?

¡Oh mano poderosa de matarme!
¡Quién te besara entonces, mano hermosa,  2255
agradecido al dulce castigarme!

No te esperaba yo tan rigurosa,
pero si me castigas por tocarme,
tú sola hallaste gusto en ser celosa.

*(Sale* TRISTÁN.*)*

---

2240-2243 «Señor conde, quedo admirado viendo tratar tan mal a Teodoro...»

2245 *lienzo:* «se llama asimismo el pañuelo de seda, algodón o hiladillo que sirve para limpiar las narices» *(Aut.).*

2250 *excusar:* para Kossoff, «disculpar».

2254 *poderosa:* «que tiene poder».

2558 *por:* «para».

| | | |
|---|---|---|
| Tristán. | Siempre tengo de venir | 2260 |
| | acabados los sucesos; | |
| | parezco espada cobarde. | |
| Teodoro. | ¡Ay Tristán! | |
| Tristán. | Señor, ¿qué es esto? | |
| | ¡Sangre en el lienzo! | |
| Teodoro. | Con sangre | |
| | quiere amor que de los celos | 2265 |
| | entre la letra. | |
| Tristán. | Por Dios, | |
| | que han sido celos muy necios. | |
| Teodoro. | No te espantes, que está loca | |
| | de un amoroso deseo, | |
| | y como el ejecutarle | 2270 |
| | tiene su honor por desprecio, | |
| | quiere deshacer mi rostro, | |
| | porque es mi rostro el espejo | |
| | adonde mira su honor, | |
| | y véngase en verle feo. | 2275 |
| Tristán. | Señor, que Juana o Lucía | |
| | cierren conmigo por celos, | |
| | y me rompan con las uñas | |
| | el cuello que ellas me dieron, | |
| | que me repelen y arañen | 2280 |
| | sobre averiguar por cierto | |
| | que les hice un peso falso, | |
| | vaya; es gente de pandero, | |
| | de media de cordellate | |

---

2260 *tener de:* «haber de».
2264-2265 Lope recurre al conocido refrán «la letra con sangre entra», que ya recogen Covarrubias y *Aut.*
2270-2271 «Y como su honor juzga despreciable poner en práctica su amoroso deseo.»
2277 *cerrar con:* «embestir, acometer» *(Aut.).*
2280 *repelen:* «repelar»: «sacar o arrancar el pelo» *(Aut.).*
2281 *sobre:* «después de».
2283 *gente de pandero:* «gente de baja y humilde condición», en alusión al instrumento musical, calificado de rústico y utilizado en fiestas aldeanas.
2284 *media de cordellate:* media de un «género de paño delgado como estameña» *(Aut.),* de baja calidad.

|              | y de zapato frailesco; | 2285 |
|              | pero que tan gran señora |  |
|              | se pierda tanto el respeto |  |
|              | a sí misma, es vil acción. |  |
| TEODORO. | No sé, Tristán; pierdo el seso |  |
|              | de ver que me está adorando | 2290 |
|              | y que me aborrece luego. |  |
|              | No quiere que sea suyo |  |
|              | ni de Marcela, y si dejo |  |
|              | de mirarla, luego busca |  |
|              | para hablarme algún enredo. | 2295 |
|              | No dudes; naturalmente |  |
|              | es del hortelano el perro: |  |
|              | ni come ni comer deja, |  |
|              | ni está fuera ni está dentro. |  |
| TRISTÁN. | Contáronme que un doctor, | 2300 |
|              | catredático y maestro, |  |
|              | tenía un ama y un mozo |  |
|              | que siempre andaban riñendo. |  |
|              | Reñían a la comida, |  |
|              | a la cena, y hasta el sueño | 2305 |
|              | le quitaban con sus voces; |  |
|              | que estudiar, no había remedio. |  |
|              | Estando en lición un día, |  |
|              | fuele forzoso corriendo |  |
|              | volver a casa, y entrando | 2310 |
|              | de improviso en su aposento, |  |
|              | vio el ama y mozo acostados |  |
|              | con amorosos requiebros, |  |
|              | y dijo: «¡Gracias a Dios, |  |
|              | que una vez en paz os veo!» | 2315 |

---

2296 *naturalmente*: «por naturaleza» *(Aut.)*.

2301 *catredático*: así registra Covarrubias la voz «catedrático», mientras que el *Diccionario de Autoridades* utiliza ya *cathedrático*.

2307 *remedio*: aquí «medio ... para reparar algún daño o inconveniente» *(Aut.)*: de tal modo que no había medio de estudiar.

2308 *lición*: «lección, clase». Durante el siglo XVI, hay un empleo excesivo de *i*, y *u*, que penetra en numerosos términos hasta el siglo siguiente *(lición, perfición)* e incluso pervive en algún caso hasta el lenguaje actual: *afición*.

Y esto imagino de entrambos,
aunque siempre andáis riñendo.

*(Sale la condesa.)*

| | |
|---|---|
| DIANA. | Teodoro. |
| TEODORO. | Señora. |
| TRISTÁN. | ¿Es duende |

esta mujer?

| | |
|---|---|
| DIANA. | Sólo vengo |

a saber cómo te hallas.                    2320

| | |
|---|---|
| TEODORO. | ¿Ya no lo ves? |
| DIANA. | ¿Estás bueno? |
| TEODORO. | Bueno estoy. |
| DIANA. | ¿Y no dirás: |

«A tu servicio»?

| | |
|---|---|
| TEODORO. | No puedo |

estar mucho en tu servicio,
siendo tal el tratamiento.                    2325

| | |
|---|---|
| DIANA. | ¡Qué poco sabes! |
| TEODORO. | Tan poco |

que te siento y no te entiendo,
pues no entiendo tus palabras,
y tus bofetones siento;
si no te quiero te enfadas,                    2330
y enójaste si te quiero;
escríbesme si me olvido,
y si me acuerdo te ofendo;
pretendes que yo te entienda,
y si te entiendo soy necio.                    2335
Mátame o dame la vida;
da un medio a tantos extremos.

---

2316 *entrambos:* «lo mismo que ambos y ambas» *(Aut.).*

2318 G añade tras el nombre de Tristán: «*(Ap.)*».

2325 *tratamiento:* «la acción o el modo de tratar alguna cosa o alguna persona» *(Aut.).*

2327 *sentir:* vale también «oír».

| | | |
|---|---|---|
| DIANA. | ¿Hícete sangre? | |
| TEODORO. | Pues... no. | |
| DIANA. | ¿Adónde tienes el lienzo? | |
| TEODORO. | Aquí. | |
| DIANA. | Muestra. | |
| TEODORO. | ¿Para qué? | 2340 |
| DIANA. | Para que esta sangre quiero. | |
| | Habla a Otavio, a quien agora | |
| | mandé que te diese luego | |
| | dos mil escudos, Teodoro. | |
| TEODORO. | ¿Para qué? | |
| DIANA. | Para hacer lienzos. | 2345 |

*(Váyase la condesa.)*

| | | |
|---|---|---|
| TEODORO. | ¡ Hay disparates iguales! | |
| TRISTÁN. | ¡Qué encantamientos son éstos! | |
| TEODORO. | Dos mil escudos me ha dado. | |
| TRISTÁN. | Bien puedes tomar al precio | |
| | otros cuatro bofetones. | 2350 |
| TEODORO. | Dice que son para lienzos | |
| | y llevó el mío con sangre. | |
| TRISTÁN. | Pagó la sangre y te ha hecho | |
| | doncella por las narices. | |
| TEODORO. | No anda mal agora el perro | 2355 |
| | pues después que muerde halaga. | |
| TRISTÁN. | Todos aquestos extremos | |
| | han de parar en el ama | |
| | del doctor. | |
| TEODORO. | ¡Quiéralo el cielo! | |

---

2338 M y B: *«Pues no»*. Sigo la puntuación de Kossoff, más compleja de matices psicológicos.

2341 *para que:* aquí «porque».

2345 Según Kossoff, los tres términos de esta respuesta de Diana «contribuyen a revelar el carácter y su doble naturaleza: es juguetona, tiene chispa, gracia, pero es a la vez feroz y amenaza a Teodoro con más golpes, más sangre y, por eso, la necesidad de más lienzos».

2354 *doncella:* porque, aunque por las narices, ha sangrado.

# Acto tercero

*(Salen* FEDERICO *y* RICARDO.)

| | | |
|---|---|---|
| RICARDO. | ¿Esto visteis? | |
| FEDERICO. | Esto vi. | 2360 |
| RICARDO. | ¿Y que le dio bofetones? | |
| FEDERICO. | El servir tiene ocasiones, | |
| | mas no lo son para mí, | |
| | que al poner una mujer | |
| | de aquellas prendas la mano | 2365 |
| | al rostro de un hombre, es llano | |
| | que otra ocasión puede haber. | |
| | Y bien veis que lo acredita | |
| | el andar tan mejorado. | |
| RICARDO. | Ella es mujer y él criado. | 2370 |
| FEDERICO. | Su perdición solicita. | |
| | La fábula que pintó | |
| | el filósofo moral | |
| | de las dos ollas, ¡qué igual | |
| | hoy a los dos la vistió! | 2375 |

---

2360+ G acota antes del verso: «(Calle. / Federico, Ricardo; Celio, *distante de ellos)*».

2360 M y B: *«vistes»,* como en 1720.

2362 *ocasión:* «significa también peligro o riesgo» *(Aut.).* Lope juega también con el sentido más recto de «oportunidad o comodidad de tiempo o lugar», que es el adecuado para interpretar el v. 2367. Lo mismo ocurre con *servir:* abarca el doble estado de Teodoro, secretario y por tanto sirviente, y amante que corteja a Diana.

2372-2375 *el filósofo moral:* para Kossoff, el autor del *Eclesiastés;* el filósofo ajustó la fábula de las ollas al caso de Diana y Teodoro.

                    Era de barro la una,
          la otra de cobre o hierro,
          que un río a los pies de un cerro
          llevó con varia fortuna.
                    Desvióse la de barro                2380
          de la de cobre, temiendo
          que la quebrase, y yo entiendo
          pensamiento tan bizarro
                    del hombre y de la mujer,
          hierro y barro, y no me espanto,         2385
          pues acercándose tanto,
          por fuerza se han de romper.

RICARDO.            La altivez y bizarría
          de Diana me admiró,
          y bien puede ser que yo                      2390
          viese y no viese aquel día,
                    mas ver caballos y pajes
          en Teodoro, y tantas galas,
          ¿qué son sino nuevas alas?
          Pues criados, oro y trajes                     2395
                    no los tuviera Teodoro
          sin ocasión tan notable.

FEDERICO.   Antes que desto se hable
          en Nápoles y el decoro
                    de vuestra sangre se ofenda,     2400
          sea o no sea verdad,
          ha de morir.

RICARDO.                      Y es piedad
          matarle, aunque ella lo entienda.

FEDERICO.   ¿Podrá ser?

RICARDO.                      Bien puede ser,
          que hay en Nápoles quien vive              2405

---

2383 *bizarro:* «lleno de noble espíritu» // «lucido, espléndido y adorna-
do» *(Aut.).* «Pensamiento tan noble sobre las relaciones del hombre y de la
mujer.»
2384 *del... de la:* sobre el hombre y sobre la mujer.
2388 *bizarría:* «generosidad de ánimo, gallardía» *(Aut.).*
2393 *en:* «para».
2403 *entender:* «saber, llegar a enterarse».

Escena de la película *El perro del hortelano*.

|           | de eso y en oro recibe |      |
|-----------|-----------------------|------|
|           | lo que en sangre ha de volver. |      |
|           | No hay más de buscar un bravo, |      |
|           | y que le despache luego. |      |
| FEDERICO. | Por la brevedad os ruego. | 2410 |
| RICARDO.  | Hoy tendrá su justo pago |      |
|           | semejante atrevimiento. |      |
| FEDERICO. | ¿Son bravos éstos? |      |
| RICARDO.  | Sin duda. |      |
| FEDERICO. | El cielo ofendido ayuda |      |
|           | vuestro justo pensamiento. | 2415 |

*(Salen* FURIO, ANTONELO *y* LIRANO, *lacayos, y* TRISTÁN, *vestido de nuevo.)*

| FURIO.    | Pagar tenéis el vino en alboroque |      |
|-----------|-----------------------------------|------|
|           | del famoso vestido que os han dado. |      |
| ANTONELO. | Eso bien sabe el buen Tristán que es justo. |      |
| TRISTÁN.  | Digo, señores, que de hacerlo gusto. |      |
| LIRANO.   | Bravo salió el vestido. |      |
| TRISTÁN.  | Todo aquesto | 2420 |
|           | es cosa de chacota y zarandajas, |      |
|           | respeto del lugar que tendré presto. |      |
|           | Si no muda los bolos la fortuna, |      |

---

2408 *de:* «que»; *bravo:* «vulgar y comúnmente se entiende y dice el que es preciado de valentón, guapo y jactancioso» *(Aut.).* Aquí, un matón.

2409 *despachar:* «metafóricamente vale matar, quitar la vida» *(Aut.).*

2413 G añade antes del verso: «*(Viendo venir a Tristán y otros tres)».*

2415+ En la acotación: *de nuevo:* de forma distinta, de otro modo.

2416 *pagar tenéis:* «tenéis que pagar».

*alboroque:* «Y también se extiende a significar el agasajo o regalo que una persona hace a otra por haberle solicitado alguna dependencia, como en agradecimiento y remuneración de un cuidado y trabajo» *(Aut.).*

2417 *famoso:* «se entiende también por cosa buena, perfecta y que merece fama» *(Aut.).*

2420 *bravo:* «se toma también por magnífico, ostentoso, suntuoso...» *(Aut.).*

2422 *respeto:* en comparación de, «con respecto al puesto que pronto conseguiré».

2423 *mudarse los bolos:* frase que significa «descomponerse o componerse bien los medios o empeños que alguno tenía y en que confiaba para el logro de sus pretensiones o negocios» *(Aut.).*

144

|          |                                                |      |
|----------|------------------------------------------------|------|
|          | secretario he de ser del secretario.          |      |
| LIRANO.  | Mucha merced le hace la condesa               | 2425 |
|          | a vuestro amo, Tristán.                        |      |
| TRISTÁN. | Es su privanza,                               |      |
|          | es su mano derecha y es la puerta              |      |
|          | por donde se entra a su favor.                 |      |
| ANTONELO.| Dejemos                                        |      |
|          | favores y fortunas, y bebamos.                 |      |
| FURIO.   | En este tabernáculo sospecho                  | 2430 |
|          | que hay lágrima famosa y malvasía.             |      |
| TRISTÁN. | Probemos vino greco; que deseo                 |      |
|          | hablar en griego, y con beberlo basta.         |      |
| RICARDO. | Aquel moreno del color quebrado                |      |
|          | me parece el más bravo, pues que todos         | 2435 |
|          | le estiman, hablan y hacen cortesía.           |      |
|          | Celio.                                         |      |
| CELIO.   | Señor.                                         |      |
| RICARDO. | De aquellos gentilhombres                     |      |
|          | llama al descolorido.                          |      |
| CELIO.   | ¡Ah caballero!                                 |      |
|          | Antes que se entre en esa santa ermita,        |      |
|          | el marqués, mi señor, hablarle quiere.         | 2440 |
| TRISTÁN. | Camaradas, allí me llama un príncipe;          |      |
|          | no puedo rehusar el ver qué manda.             |      |

---

2426 *privanza:* «primer lugar en la gracia y confianza de un ... alto personaje» (*Dic. Acad.*).

2430 *tabernáculo:* por «taberna», con burla irónica.

2431 *vino de lágrima:* «el que destila la uva en el lagar gota a gota, sin exprimir ni apretar el racimo» (*Aut.*).

*malvasía:* «cierta especie o casta de uvas, que hace los racimos muy pequeños, y los granos grandes, redondos y apretados. Llámase también así el vino que se hace de ellas» (*Aut.*).

2434 G añade tras el nombre del personaje: «*(Ap. a Federico)*».

*quebrado:* «pálido, descolorido».

2437 Así G, para mantener el endecasílabo. M y B, en cambio, hacen el plural normal en *gentileshombres,* que rompe la cuenta silábica.

2438 G añade tras el nombre de Celio: «*(A Tristán)*».

2439 *ermita:* siguiendo con el juego irónico de *tabernáculo,* «ermita» también significa aquí «taberna».

2441 G añade tras el nombre del personaje: «*(A sus amigos)*».

|  | Entren, y tomen siete o ocho azumbres, |  |
|  | y aperciban dos dedos de formache |  |
|  | en tanto que me informo de su gusto. | 2445 |

ANTONELO.   Pues despachad a prisa.

TRISTÁN.                                    Iré volando.
         ¿Qué es lo que manda vuestra señoría?

RICARDO.    El veros entre tanta valentía
         nos ha obligado, al conde Federico
         y a mí, para saber si seréis hombre          2450
         para matar un hombre.

TRISTÁN.                        ¡Vive el cielo,
         que son los pretendientes de mi ama
         y que hay algún enredo! Fingir quiero.

FEDERICO.   ¿No respondéis?

TRISTÁN.                     Estaba imaginando
         si vuestra señoría está burlando          2455
         de nuestro modo de vivir. ¡Pues vive
         el que reparte fuerzas a los hombres,
         que no hay en toda Nápoles espada
         que no tiemble de sólo el nombre mío!
         ¿No conocéis a Héctor? Pues no hay
                              [Héctor      2460
         adonde está mi furibundo brazo,
         que si él lo fue de Troya, yo de Italia.

FEDERICO.   Éste es, marqués, el hombre que buscamos.
         Por vida de los dos, que no burlamos,
         sino que si tenéis conforme al nombre          2465
         el ánimo y queréis matar a un hombre,
         que os demos el dinero que quisiéredes.

---

2444 *formache:* para *Aut.* «formage»: «voz de la germanía que significa que-so».

2446 G añade al final del verso: «*(Vanse Furio, Antonelo y Lirano)*».

2451 G añade tras el nombre de Tristán: «*(Ap)*».

2456-2457 M y B carecen de los signos de exclamación.

2462 *lo:* puede referirse tanto a *Héctor* como a *brazo*, término que en sen-tido metafórico significa «esfuerzo, poder, valor y ánimo» *(Aut.).*

2467 *quisiéredes:* quisiereis. La *-d-* intervocálica de la segunda forma de plu-ral *(-edes* y *-ades,* frente a sus reducciones *-eis, -ais)* desapareció en las palabras graves en el siglo XV, pero en las esdrújulas se mantuvo hasta el siglo XVII, aun

| | |
|---|---|
| TRISTÁN. | Con docientos escudos me contento, |
| | y sea el diablo. |
| RICARDO. | Yo os daré trecientos, |
| | y despachalde aquesta noche.     2470 |
| TRISTÁN. | El nombre |
| | del hombre espero, y parte del dinero. |
| RICARDO. | ¿Conocéis a Diana, la condesa |
| | de Belflor? |
| TRISTÁN. | Y en su casa tengo amigos. |
| RICARDO. | ¿Mataréis un criado de su casa? |
| TRISTÁN. | Mataré los criados y criadas     2475 |
| | y los mismos frisones de su coche. |
| RICARDO. | Pues a Teodoro habéis de dar la muerte. |
| TRISTÁN. | Eso ha de ser, señores, de otra suerte, |
| | porque Teodoro, como yo he sabido, |
| | no sale ya de noche, temeroso     2480 |
| | por ventura de haberos ofendido; |
| | que le sirva estos días me ha pedido. |
| | Dejádmele servir, y yo os ofrezco |
| | de darle alguna noche dos mojadas, |
| | con que el pobrete *in pace requiescat*     2485 |
| | y yo quede seguro y sin sospecha. |
| | ¿Es algo lo que digo? |
| FEDERICO. | No pudiera |
| | hallarse en toda Nápoles un hombre |

---

que hay casos documentados de pérdida en la segunda mitad del XVI. Véase
R. J. Cuervo, «Las segundas personas del plural en la conjugación castellana»,
*Ro*, XXII, 1893, págs. 71-86.

2468-2469 *docientos, trecientos:* doscientos, trescientos.

2470 *despachalde:* metátesis; véase nota al v. 1295. En cuanto a *despachar,*
véase v. 2409 y nota.

2476 *frisón:* «adjetivo que se aplica a una especie de caballos fuertes, muy
anchos de pies y con muchas cernejas. Llamáronse así por traerse de Frisia»
*(Aut.).*

2481 *por ventura:* «vale lo mismo que acaso» *(Aut.).*

2484 *mojada:* «se llama también la herida con arma punzante» *(Aut.).*

2485 *pobrete:* «desdichado, infeliz y abatido»; así en B, frente al *pobreto* de
M, que podría ser italianismo.

2487 Tristán pide aprobación de sus planes.

|            |                                                          |      |
|------------|----------------------------------------------------------|------|
|            | que tan seguramente le matara.                           |      |
|            | Servilde, pues, y así al descuido un día                 | 2490 |
|            | pegalde, y acudid a nuestra casa.                        |      |
| TRISTÁN.   | Yo he menester agora cien escudos.                       |      |
| RICARDO.   | Cincuenta tengo en esta bolsa; luego                     |      |
|            | que yo os vea en su casa de Diana,                       |      |
|            | os ofrezco los ciento y muchos cientos.                  | 2495 |
| TRISTÁN.   | Eso de muchos cientos no me agrada.                       |      |
|            | Vayan vusiñorías en buen hora,                           |      |
|            | que me aguardan Mastranzo, Rompe-muros,                  |      |
|            | Mano de hierro, Arfuz y Espanta-diablos,                 |      |
|            | y no quiero que acaso piensen algo.                      | 2500 |
| RICARDO.   | Decís muy bien; adiós.                                    |      |
| FEDERICO.  | ¡Qué gran ventura!                                       |      |
| RICARDO.   | A Teodoro contalde por difunto.                          |      |
| FEDERICO.  | El bellacón, ¡qué bravo talle tiene!                     |      |

*(Váyanse* FEDERICO, RICARDO *y* CELIO.*)*

| TRISTÁN.   | Avisar a Teodoro me conviene.                            |      |
|------------|----------------------------------------------------------|------|
|            | Perdone el vino greco, y los amigos.                     | 2505 |
|            | A casa voy, que está de aquí muy lejos.                  |      |
|            | Mas éste me parece que es Teodoro.                       |      |

*(Sale* TEODORO.*)*

| TRISTÁN.   | Señor, ¿adónde vas?                                       |      |
|------------|----------------------------------------------------------|------|
| TEODORO.   | Lo mismo ignoro,                                         |      |
|            | porque de suerte estoy, Tristán amigo,                   |      |
|            | que no sé dónde voy ni quién me lleva.                    | 2510 |
|            | Solo y sin alma, el pensamiento sigo                     |      |

---

2489 *seguramente:* «con seguridad, certeza, o sin riesgo» *(Aut.).*

2490, 2491, 2502 *servilde, pegalde, contalde:* metátesis; véase nota al v. 1295.

2498-2499 Apodos tópicos para bravucones, aunque *mastranzo* sirva en el lenguaje común para designar a una planta, especie de hierbabuena salvaje, útil contra picaduras de insectos; de *arfuz* se ha supuesto que podría ser derivación de *alfoz.*

2505 Que me perdonen que no vaya el vino y los amigos.

que al sol me dice que la vista atreva.
Ves cuánto ayer Diana habló conmigo.
Pues hoy de aquel amor se halló tan nueva
que apenas jurarás que me conoce,                     2515
porque Marcela de mi mal se goce.

TRISTÁN.  Vuelve hacia casa; que a los dos importa
que no nos vean juntos.

TEODORO.                              ¿De qué suerte?

TRISTÁN.  Por el camino te diré quién corta
los pasos dirigidos a tu muerte.                      2520

TEODORO.  ¿Mi muerte? Pues ¿por qué?

TRISTÁN.                              La voz reporta
y la ocasión de tu remedio advierte:
Ricardo y Federico me han hablado,
y que te dé la muerte concertado.

TEODORO.  ¿Ellos a mí?

TRISTÁN.                    Por ciertos bofetones      2525
el amor de tu dueño conjeturan,
y pensando que soy de los leones
que a tales homicidios se aventuran,
tu vida me han trocado a cien doblones,
y con cincuenta escudos me aseguran.                  2530
Yo dije que un amigo me pedía
que te sirviese, y que hoy te serviría
donde más fácilmente te matase,
a efecto de guardarte desta suerte.

TEODORO.  ¡Pluguiera a Dios que alguno me quitase     2535
la vida y me sacase desta muerte!

---

2512 *atrever*: «llevar, levantar... con atrevimiento», con empleo transitivo, que fue frecuente en los siglos de Oro, según R. J. Cuervo, *Diccionario de construcción y régimen de la lengua castellana*, París, 1893.

2516 *porque*: «para que».

2518 *¿De qué suerte?*: «¿Por qué motivo?»

2521 *reportar*: «refrenar, reprimir o moderar» *(Aut.)*.

2527 *león*: «en la germanía significa el rufián» *(Aut.)*.

2530 *me aseguran*: se certifican de que voy a servirles; alude al adelanto que le han dado sobre los prometidos doblones.

TRISTÁN.     ¿Tan loco estás?
TEODORO.                    ¿No quieres que me abrase
por tan dulce ocasión? Tristán, advierte
que si Diana algún camino hallara
de disculpa, conmigo se casara.                              2540
Teme su honor, y cuando más se abrasa,
se hiela y me desprecia.
TRISTÁN.                              Si te diese
remedio, ¿qué dirás?
TEODORO.                              Que a ti se pasa
de Ulises el espíritu.
TRISTÁN.                              Si fuese
tan ingenioso que a tu misma casa                           2545
un generoso padre te trajese
con que fueses igual a la condesa,
¿no saldrías, señor, con esta empresa?
TEODORO.     Eso es sin duda.
TRISTÁN.                              El conde Ludovico.
caballero ya viejo, habrá veinte años                       2550
que enviaba a Malta un hijo de tu nombre
que era sobrino de su gran maestre;
cautiváronle moros de Biserta,
y nunca supo dél, muerto ni vivo;
éste ha de ser tu padre, y tú su hijo,                      2555
y yo lo he de trazar.
TEODORO.                              Tristán, advierte
que puedes levantar alguna cosa
que nos cueste a los dos la honra y vida.

---

2537-2538 En M y B, sin signos de interrogación.

2541 «Teme por su honor».

2544 Se tenía al personaje de Homero por encarnación de la astucia y la sagacidad.

2546 *generoso*: como en v. 305, «noble, de ilustre prosapia» *(Aut.)*.

2548 *salir con*: véase nota a los vv. 1854-1855.

2553 *Biserta*: Bizerta, plaza fuerte de Tunicia en el Mediterráneo.

2554 M: «... *del muerto, ni vivo*»; B: «... *del, muerto, ni...*»

2556 *trazar*: «metafóricamente vale discurrir y disponer los medios oportunos para el logro de una cosa» *(Aut.)*.

| | |
|---|---|
| TRISTÁN. | A casa hemos llegado. A Dios te queda, |
| | que tú serás marido de Diana       2560 |
| | antes que den las doce de mañana. |

*(Váyase* TRISTÁN.*)*

| | |
|---|---|
| TEODORO. | Bien al contrario pienso yo dar medio |
| | a tanto mal, pues el amor bien sabe |
| | que no tiene enemigo que le acabe |
| | con más facilidad que tierra en medio.     2565 |
| |    Tierra quiero poner, pues que remedio, |
| | con ausentarme, amor, rigor tan grave, |
| | pues no hay rayo tan fuerte que se alabe |
| | que entró en la tierra, de tu ardor remedio. |
| |    Todos los que llegaron a este punto,     2570 |
| | poniendo tierra en medio te olvidaron; |
| | que en tierra al fin le resolvieron junto. |
| |    Y la razón que de olvidar hallaron, |
| | es que amor se confiesa por difunto, |
| | pues que con tierra en medio le enterraron.   2575 |

*(Sale la condesa.)*

| | |
|---|---|
| DIANA. | ¿Estás ya mejorado |
| | de tus tristezas, Teodoro? |
| TEODORO. | Si en mis tristezas adoro, |
| | sabré estimar mi cuidado. |
| |    No quiero yo mejorar       2580 |
| | de la enfermedad que tengo, |
| | pues sólo a estar triste vengo |
| | cuando imagino sanar. |

---

2558-2559 G acota al final del primer verso: «*(Vanse)*»; y al principio del segundo: «*(Sala del palacio de la Condesa)*».

2562 *medio:* remedio.

2565, 2566, 2571, 2678 *tierra en medio:* «poner tierra en medio»: «frase que vale huir, escapar o ausentarse» *(Aut.)*.

2566-2567 «Ausentándose Teodoro pone remedio al rigor de Diana con él.»

2579 *cuidado:* preocupación amorosa.

2583 «Pues cuando creo que voy a sanar, no hago sino entristecerme.»

    ¡Bien hayan males que son
    tan dulce para sufrir,       2585
    que se ve un hombre morir,
    y estima su perdición!
     Sólo me pesa que ya
    esté mi mal en estado
    que he de alejar mi cuidado   2590
    de donde su dueño está.

DIANA.    ¿Ausentarte? Pues ¿por qué?
TEODORO.  Quiérenme matar.
DIANA.        Sí harán.
TEODORO.  Envidia a mi mal tendrán,
    que bien al principio fue.    2595
     Con esta ocasión, te pido
    licencia para irme a España.
DIANA.  Será generosa hazaña
    de un hombre tan entendido,
     que con esto quitarás    2600
    la ocasión de tus enojos,
    y aunque des agua a mis ojos,
    honra a mi casa darás.
     Que desde aquel bofetón,
    Federico me ha tratado    2605
    como celoso, y me ha dado
    para dejarte ocasión.
     Vete a España, que yo haré
    que te den seis mil escudos.

---

2584 *bien hayan:* «benditos sean»; bendición muy frecuente en Lope, aunque menos que su contrario *mal haya.*

2585 Así M, B y todos los textos.

2593 *sí:* «así». «*Sí* en su sentido etimológico *[así]* era todavía usual en el siglo XIV; pero ya en el siglo XII era más usual emplear esta forma acompañando a un verbo, como perífrasis afirmativa *(sí fago, sí quiero,* y análogas, propiamente 'hago así como dices'), y luego abreviando tomó *sí* por sí solo el valor de partícula afirmativa» (Corominas).

*sí harán:* «es lo que harán».

2594-2595 «Tendrán envidia de mi mal, que al principio fue un bien».

2598 *generosa:* valerosa. Véase nota al v. 305.

2599 *entendido:* discreto, inteligente.

2605 Así en B. M: *«le ha tratado».*

| | | |
|---|---|---|
| TEODORO. | Haré tus contrarios mudos | 2610 |
| | con mi ausencia. Dame el pie. | |
| DIANA. | Anda, Teodoro. No más; | |
| | déjame, que soy mujer. | |
| TEODORO. | Llora, mas ¿qué puedo hacer? | |
| DIANA. | En fin, Teodoro, ¿te vas? | 2615 |
| TEODORO. | Sí, señora. | |
| DIANA. | Espera. Vete. | |
| | Oye. | |
| TEODORO. | ¿Qué mandas? | |
| DIANA. | No, nada. | |
| | Vete. | |
| TEODORO. | Voyme. | |
| DIANA. | Estoy turbada. | |
| | ¿Hay tormento que inquïete | |
| | como una pasión de amor? | 2620 |
| | ¿No eres ido? | |
| TEODORO. | Ya, señora, | |
| | me voy. | |

*(Vase* TEODORO.)*

| | | |
|---|---|---|
| DIANA. | ¡Buena quedo agora! | |
| | ¡Maldígate Dios, honor! | |
| | Temeraria invención fuiste, | |
| | tan opuesta al propio gusto. | 2625 |
| | ¿Quién te inventó? Mas fue justo, | |
| | pues que tu freno resiste | |
| | tantas cosas tan mal hechas. | |

*(Sale* TEODORO.)*

| | |
|---|---|
| TEODORO. | Vuelvo a saber si hoy podré |
| | partirme. |

---

2610 *contrarios:* enemigos. «Haré enmudecer a tus enemigos.»
2614 G acota tras el nombre del personaje: *«(Ap.)»*.
2618 G acota tras el nombre de Diana: *«(Ap.)»*, que llega hasta el v. 2621.
2627 *resistir:* «significa asimismo rechazar, repeler o contrarrestar» *(Aut.)*.

| | | |
|---|---|---|
| DIANA. | Ni yo lo sé, | 2630 |
| | ni tú, Teodoro, sospechas | |
| | que me pesa de mirarte, | |
| | pues que te vuelves aquí. | |
| TEODORO. | Señora, vuelvo por mí, | |
| | que no estoy en otra parte, | 2635 |
| | y como me he de llevar, | |
| | vengo para que me des | |
| | a mí mismo. | |
| DIANA. | Si después | |
| | te has de volver a buscar, | |
| | no me pidas que te dé. | 2640 |
| | Pero vete, que el amor | |
| | lucha con mi noble honor, | |
| | y vienes tú a ser traspié. | |
| | Vete, Teodoro, de aquí; | |
| | no te pidas, aunque puedas, | 2645 |
| | que yo sé que si te quedas, | |
| | allá me llevas a mí. | |
| TEODORO. | Quede vuestra señoría | |
| | con Dios. | |
| DIANA. | ¡Maldita ella sea, | |
| | pues me quita que yo sea | 2650 |
| | de quien el alma quería! | |

*(Váyase.)*

¡Buena quedo yo sin quien
era luz de aquestos ojos!
Pero sientan sus enojos;
quien mira mal, llore bien.          2655

---

2633 «Y noto que me sufro viéndote ahora que has vuelto aquí.»

2634-2640 y 2645  Tanto Teodoro como Diana juegan con la metáfora del amor como pérdida del ser, y al mismo tiempo con la ambigüedad de la situación.

2649  *ella:* se refiere a «señoría»; mientras en el verso anterior, es tratamiento en boca de Diana «calidad, dignidad de señor», que la fuerza a no seguir su gusto y obedecer los dictados del honor.

2651+  La acotación se refiere a Teodoro.

          Ojos, pues os habéis puesto
     en cosa tan desigual,
     pagad el mirar tan mal,
     que no soy la culpa desto;
          mas no lloren, que también          2660
     tiempla el mal llorar los ojos,
     pero sientan sus enojos;
     quien mira mal, llore bien;
          aunque tendrán ya pensada
     la disculpa para todo,                   2665
     que el sol los pone en el lodo,
     y no se le pega nada.
          Luego bien es que no den
     en llorar. Cesad, mis ojos.
     Pero sientan sus enojos;                 2670
     quien mira mal, llore bien.

               *(Sale* MARCELA.*)*

MARCELA.   Si puede la confianza
     de los años de servirte
     humildemente pedirte
     lo que justamente alcanza,               2675
          a la mano te ha venido
     la ocasión de mi remedio,
     y poniendo tierra en medio,
     no verme si te he ofendido.
DIANA.     ¿De tu remedio, Marcela?           2680
     ¿Cuál ocasión? Que aquí estoy.
MARCELA.   Dicen que se parte hoy,
     por peligros que recela,
          Teodoro a España, y con él
     puedes casada enviarme,                  2685
     pues no verme es remediarme.

---

2661 *tiempla:* véase nota al v. 1118.
2666 «los ojos», sujeto también del v. 2664.
2668 *dar en:* «se toma asimismo por empeñarse porfiadamente en ejecutar o no alguna cosa» *(Aut.).*

| DIANA. | ¿Sabes tú que querrá él? | |
| MARCELA. | Pues ¿pidiérate yo a ti, | |
| | sin tener satisfación, | |
| | remedio en esta ocasión? | 2690 |
| DIANA. | ¿Hasle hablado? | |
| MARCELA. | Y él a mí, | |
| | pidiéndome lo que digo. | |
| DIANA. | ¡Qué a propósito me viene | |
| | esta desdicha! | |
| MARCELA. | Ya tiene | |
| | tratado aquesto conmigo, | 2695 |
| | y el modo con que podemos | |
| | ir con más comodidad. | |
| DIANA. | ¡Ay, necio honor!, perdonad, | |
| | que amor quiere hacer extremos. | |
| | Pero no será razón, | 2700 |
| | pues que podéis remediar | |
| | fácilmente este pesar. | |
| MARCELA. | ¿No tomas resolución? | |
| DIANA. | No podré vivir sin ti, | |
| | Marcela, y haces agravio | 2705 |
| | a mi amor, y aun al de Fabio, | |
| | que sé yo que adora en ti. | |
| | Yo te casaré con él; | |
| | deja partir a Teodoro. | |
| MARCELA. | A Fabio aborrezco; adoro | 2710 |
| | a Teodoro. | |
| DIANA. | ¡Qué cruel | |
| | ocasión de declararme! | |
| | ¡Mas teneos, loco amor! | |
| | Fabio te estará mejor. | |

---

2689 *satisfación:* era la forma popular, frente a la culta *satisfacción*.

2693 G acota tras el nombre del personaje: «*(Ap.)*».

2698 G acota tras el nombre del personaje: «*(Ap.)*».

2699 *hacer extremos:* «lamentarse, haciendo con ansia y despecho varios ademanes, y dando voces y quejas en demostración de sentimiento» *(Aut.)*.

2707 *adorar en:* «adorar a».

2711 G acota tras el nombre de Diana: «*(Ap....)*», cerrando el paréntesis de la acotación al término del v. 2713.

| | | |
|---|---|---|
| MARCELA. | Señora. | |
| DIANA. | No hay replicarme. | 2715 |

*(Váyase.)*

| | | |
|---|---|---|
| MARCELA. | ¿Qué intentan imposibles mis sentidos, | |
| | contra tanto poder determinados? | |
| | Que celos poderosos declarados | |
| | harán un desatino resistidos. | |
| | Volved, volved atrás, pasos perdidos, | 2720 |
| | que corréis a mi fin precipitados; | |
| | árboles son amores desdichados, | |
| | a quien el hielo marchitó floridos. | |
| | Alegraron el alma las colores | |
| | que el tirano poder cubrió de luto; | 2725 |
| | que hiela ajeno amor muchos amores. | |
| | Y cuando de esperar daba tributo, | |
| | ¿qué importa la hermosura de las flores, | |
| | si se perdieron esperando el fruto? | |

*(Sale el conde* LUDOVICO *viejo, y* CAMILO.)

| | | |
|---|---|---|
| CAMILO. | Para tener sucesión, | 2730 |
| | no te queda otro remedio. | |
| LUDOVICO. | Hay muchos años en medio | |
| | que mis enemigos son, | |
| | y aunque tiene esa disculpa | |

2714 M acota al final de este verso el *«(Váyase)»* que aquí figura tras el verso 2715.

2716 Hipérbaton: «¿Qué imposibles intentan...?»

2716-2720 Así transcribe G las dos parejas de versos del primer cuarteto; en M la interrogación se cierra en el cuarto, mientras B lo hace tras el segundo y el cuarto. Kossoff parte también de G y, dando el *que* inicial del tercer verso por causal, explica el cuarteto: «No deben mis sentidos intentar imposibles, porque celos resistidos harán un desatino.» Es la mejor lectura.

2723 *quien*, referido a cosa, y siempre en singular aunque su antecedente sea plural, era frecuente en la época; en Lope hay abundantes ejemplos: *Fuente Ovejuna* (vv. 1527, 2158, 2160), *El castigo sin venganza* (670, 1852), etc.

2724 *las colores:* véase nota al v. 763.

2729 G acota al final del verso: *«(Vase). Sala en casa del conde Ludovico»*.

el casarse en la vejez, 2735
quiere el temor ser jüez,
y ha de averiguar la culpa.
    Y podría suceder
que sucesión no alcanzase
y casado me quedase; 2740
y en un viejo una mujer
    es en un olmo una hiedra,
que aunque con tan varios lazos
le cubre de sus abrazos,
él se seca y ella medra. 2745
    Y tratarme casamientos
es traerme a la memoria,
Camilo, mi antigua historia
y renovar mis tormentos.
    Esperando cada día 2750
con engaños a Teodoro,
veinte años ha que le lloro.

*(Sale un paje.)*

PAJE.        Aquí a vuestra señoría
            busca un griego mercader.

*(Sale* TRISTÁN *vestido de armenio con un turbante graciosamente,
y* FURIO *con otro.)*

LUDOVICO.  Di que entre.
TRISTÁN.                Dadme esas manos, 2755
            y los cielos soberanos
            con su divino poder

---

2744  M y B: *«la cubre»*, que Kossoff corrige de acuerdo con el uso leísta de
Lope.

2755  G añade una acotación en mitad del verso: «Di que entre. *(Avisa el
paje y salen Tristán y Furio con traje griego)»*. Para la época, armenio y griego eran
equivalentes, «siendo ambos pueblos, explica Kossoff, desde hacía mucho
tiempo súbditos cristianos del turco, y de la misma confesión, la Iglesia oriental; además los dos pueblos se dedicaban al comercio de alfombras y telas de
Persia».

|          | os den el mayor consuelo |      |
|          | que esperáis. |      |
| LUDOVICO. | Bien seáis venido, |      |
|          | mas ¿qué causa os ha traído | 2760 |
|          | por este remoto suelo? |      |
| TRISTÁN. | De Constantinopla vine |      |
|          | a Chipre, y della a Venecia |      |
|          | con una nave cargada |      |
|          | de ricas telas de Persia. | 2765 |
|          | Acordéme de una historia |      |
|          | que algunos pasos me cuesta; |      |
|          | y con deseos de ver |      |
|          | a Nápoles, ciudad bella, |      |
|          | mientras allá mis criados | 2770 |
|          | van despachando las telas, |      |
|          | vine, como veis, aquí, |      |
|          | donde mis ojos confiesan |      |
|          | su grandeza y hermosura. |      |
| LUDOVICO. | Tiene hermosura y grandeza | 2775 |
|          | Nápoles. |      |
| TRISTÁN. | Así es verdad. |      |
|          | Mi padre, señor, en Grecia |      |
|          | fue mercader, y en su trato |      |
|          | el de más ganancia era |      |
|          | comprar y vender esclavos, | 2780 |
|          | y ansí, en la feria de Azteclias, |      |
|          | compró un niño, el más hermoso |      |
|          | que vio la naturaleza, |      |

---

2759 «Bien venido seáis», siendo este último término monosílabo en el verso para la cuenta silábica.

2762 *venir:* «caminar alguno desde la parte de allá acercándose a la de acá» *(Aut.),* sin que por ello haya concluido el viaje.

2772 Es de B esta puntuación del verso.

2778 *trato:* «por excelencia significa la negociación y comercio de géneros y mercaderías, comprando y vendiendo» *(Aut.).*

2781, 2790, 2802, 2816, 2825, 2827, 2894 *Azteclias, Chafalonía, Serpalitonia, Catiborratos, Terimaconio, Tepecas, Mercaponios:* invenciones de Lope con intención cómica; en algún caso podrían haber partido de términos como «azteca» o «Cefalonía».

|  | por testigo del poder |  |
|  | que le dio el cielo en la tierra. | 2785 |
|  | Vendíanle algunos turcos, |  |
|  | entre otra gente bien puesta, |  |
|  | a una galera de Malta |  |
|  | que las de un bajá turquescas |  |
|  | prendió en la Chafalonía. | 2790 |
| LUDOVICO. | Camilo, el alma me altera. |  |
| TRISTÁN. | Aficionado al rapaz, |  |
|  | compróle y llevóle a Armenia, |  |
|  | donde se crió conmigo |  |
|  | y una hermana. |  |
| LUDOVICO. | Amigo, espera, | 2795 |
|  | espera, que me traspasas |  |
|  | las entrañas. |  |
| TRISTÁN. | ¡Qué bien entra! |  |
| LUDOVICO. | ¿Dijo cómo se llamaba? |  |
| TRISTÁN. | Teodoro. |  |
| LUDOVICO. | ¡Ay cielo! ¡Qué fuerza |  |
|  | tiene la verdad! De oírte, | 2800 |
|  | lágrimas mis canas riegan. |  |
| TRISTÁN. | Serpalitonia, mi hermana, |  |
|  | y este mozo (¡nunca fuera |  |
|  | tan bello!), con la ocasión |  |
|  | de la crianza, que engendra | 2805 |
|  | al amor que todos saben, |  |
|  | se amaron desde la tierna |  |
|  | edad; y a deciséis años, |  |
|  | de mi padre en cierta ausencia, |  |
|  | ejecutaron su amor, | 2810 |
|  | y creció de suerte en ella |  |

---

2787 *bien puesta:* de buena planta.
2788-2790 «Gente bien puesta aprehendida a una galera de Malta por las gentes turquescas de un bajá.»
2797 G acota tras el nombre de Tristán: «*(Ap.)*».
*entrar bien o mal en alguna cosa:* «vale admitirla o no admitirla» *(Aut.)*.
2799-2800 La puntuación, confusa en M, pertenece a B.
2808 *deciséis:* dieciséis.

que se le echaba de ver,
con cuyo temor se ausenta
Teodoro, y para parir
a Serpalitonia deja.                    2815
Catiborratos, mi padre,
no sintió tanto la ofensa
como el dejarle Teodoro.
Murió en efeto de pena,
y bautizamos su hijo                    2820
(que aquella parte de Armenia
tiene vuestra misma ley,
aunque es diferente iglesia);
llamamos al bello niño
Terimaconio, que queda                  2825
un bello rapaz agora
en la ciudad de Tepecas.
Andando en Nápoles yo
mirando cosas diversas,
saqué un papel en que traje             2830
deste Teodoro las señas,
y preguntando por él,
me dijo una esclava griega
que en mi posada servía:
«¿Cosa que ese mozo sea                 2835
el del conde Ludovico?»
Diome el alma una luz nueva,
y doy en que os he de hablar,
y por entrar en la vuestra,
entro, según me dijeron,                2840
en casa de la condesa
de Belflor, y al primer hombre
que pregunto...

---

2823 La Iglesia Oriental, que sigue la ortodoxia.
2835 *¿cosa que...?:* giro muy usado por Lope para expresar una conjetura,
*(La Dorotea,* ed. de E. S. Morby, pág. 185, Madrid-Berkeley, 1958). Compárese: «¿Cosa que Teodora sea?» *(El acero de Madrid,* Bibl. Aut. Esp., XXVI,
385*b).* «¿Cosa que abejones sean / y piquen con garrotes» *(El galán de la Mem-
brilla,* ed. Acad., IX, 105 *b).*
2838 *dar en:* aquí, decidir.

LUDOVICO.                          Ya me tiembla
              el alma.
TRISTÁN.                    Veo a Teodoro.
LUDOVICO.    ¡A Teodoro!
TRISTÁN.                          Él bien quisiera              2845
              huirse, pero no pudo;
              dudé un poco, y era fuerza,
              porque el estar ya barbado
              tiene alguna diferencia.
              Fui tras él, asíle en fin,                       2850
              hablóme, aunque con vergüenza,
              y dijo que no dijese
              a nadie en casa quién era,
              porque el haber sido esclavo
              no diese alguna sospecha.                        2855
              Díjele: «Si yo he sabido
              que eres hijo en esta tierra
              de un título, ¿por qué tienes
              la esclavitud por bajeza?»
              Hizo gran burla de mí,                           2860
              y yo, por ver si concuerda
              tu historia con la que digo,
              vine a verte, y a que tengas,
              si es verdad que éste es tu hijo,
              con tu nieto alguna cuenta,                      2865
              o permitas que mi hermana
              con él a Nápoles venga,
              no para tratar casarse,
              aunque le sobra nobleza,
              mas porque Terimaconio                           2870
              tan ilustre abuelo vea.
LUDOVICO.    Dame mil veces tus brazos;
              que el alma con sus potencias

_____

2863-2865 _tener cuenta:_ «o tener atención o reflexión sobre alguna cosa...»
(_Aut._).
    2873 _potencias:_ «por antonomasia se llaman las tres facultades del alma, de
conocer, querer y acordarse, que son entendimiento, voluntad y memoria»
(_Aut._).

|          | que es verdadera tu historia |      |
|----------|------------------------------|------|
|          | en su regocijo muestran. | 2875 |
|          | ¡Ay, hijo del alma mía, |      |
|          | tras tantos años de ausencia |      |
|          | hallado para mi bien! |      |
|          | Camilo, ¿qué me aconsejas? |      |
|          | ¿Iré a verle y conocerle? | 2880 |
| CAMILO.  | ¿Eso dudas? Parte, vuela, |      |
|          | y añade vida en sus brazos |      |
|          | a los años de tus penas. |      |
| LUDOVICO.| Amigo, si quieres ir |      |
|          | conmigo, será más cierta | 2885 |
|          | mi dicha; si descansar, |      |
|          | aquí aguardando te queda, |      |
|          | y dente por tanto bien |      |
|          | toda mi casa y hacienda; |      |
|          | que no puedo detenerme. | 2890 |
| TRISTÁN. | Yo dejé, puesto que cerca, |      |
|          | ciertos diamantes que traigo, |      |
|          | y volveré cuando vuelvas. |      |
|          | Vamos de aquí, Mercaponios. |      |
| FURIO.   | Vamos, señor. |      |
| TRISTÁN. | Bien se entrecas | 2895 |
|          | el engañifo. |      |
| FURIO.   | Muy bonis. |      |
| TRISTÁN. | Andemis. |      |
| CAMILO.  | ¡Extraña lengua! |      |
| LUDOVICO.| Vente, Camilo, tras mí. |      |

*(Váyanse el conde y* CAMILO.)

---

2886 *si descansar:* «si quieres descansar».
2887 Sigo a B; M lee: *«aguardándote».*
2891 *puesto que:* «vale lo mismo que aunque» *(Aut.).*
2895-2897 La jerga con deformación de palabras y terminaciones latinas resulta fácil de entender para el espectador: «Bien se traga el engaño. —Muy bien. —Vayámonos.»
2897 G acota tras «Andemis»: *«(Vanse Tristán y Furio)».*
2898+ G añade tras la acotación: *«(Calle. Tristán, en el portal de una casa, cuya puerta está cerrada; Furio, delante de la puerta)».*

| TRISTÁN. | ¿Trasponen? | |
|---|---|---|
| FURIO. | El viejo vuela | |
| | sin aguardar coche o gente. | 2900 |
| TRISTÁN. | ¿Cosa que esto verdad sea, | |
| | y que éste fuese Teodoro? | |
| FURIO. | ¿Mas si en mentira como ésta | |
| | hubiese alguna verdad? | |
| TRISTÁN. | Estas almalafas lleva, | 2905 |
| | que me importa desnudarme | |
| | porque ninguno me vea | |
| | de los que aquí me conocen. | |
| FURIO. | Desnuda presto. | |
| TRISTÁN. | ¡Que pueda | |
| | esto el amor de los hijos! | 2910 |
| FURIO. | ¿Adónde te aguardo? | |
| TRISTÁN. | Espera, | |
| | Furio, en la choza del olmo. | |
| FURIO. | Adiós. | |

*(Váyase FURIO.)*

| TRISTÁN. | ¡Qué tesoro llega | |
|---|---|---|
| | al ingenio! Aquí debajo | |
| | traigo la capa revuelta, | 2915 |
| | que como medio sotana | |
| | me la puse, porque hubiera | |
| | más lugar en el peligro | |
| | de dejar en una puerta, | |
| | con el armenio turbante, | 2920 |
| | las hopalandas greguescas. | |

---

2899 G añade tras el nombre: «*(Abriendo un poco la puerta)*».

*trasponer:* «vale... volver, o torcer hacia algún camino, de suerte que se pierda de vista» *(Aut.)*.

2900 *gente:* criados.

2901 *¿cosa que...?:* véase nota al v. 2835.

2905 *almalafa:* «especie de manto o ropa que usaban las moras, y se ponía sobre todo el demás vestido, y comúnmente era de lino» *(Aut.)*.

2914 G acota dentro del verso: «al ingenio! *(Sale a la calle)*».

2917-2919 «Para que sea más fácil, en caso de peligro, dejar...»

2921 *hopalanda:* «la falda grande y pomposa; y comúnmente se toma por

*(Salen* RICARDO *y* FEDERICO.)

FEDERICO.      Digo que es éste el matador valiente
              que a Teodoro ha de dar muerte segura.
RICARDO.      ¡Ah hidalgo!, ¿ansí se cumple entre la gente
              que honor profesa y que opinión procura      2925
              lo que se prometió tan fácilmente?
TRISTÁN.      Señor...
FEDERICO.                  ¿Somos nosotros por ventura
              de los iguales vuestros?
TRISTÁN.                                Sin oírme,
              no es justo que mi culpa se confirme.
              Yo estoy sirviendo al mísero Teodoro,      2930
              que ha de morir por esta mano airada,
              pero puede ofender vuestro decoro
              públicamente ensangrentar mi espada.
              Es la prudencia un celestial tesoro,
              y fue de los antiguos celebrada           2935
              por única virtud; estén muy ciertos
              que le pueden contar entre los muertos.
              Estáse melancólico de día,
              y de noche cerrado en su aposento,
              que alguna cuidadosa fantasía             2940
              le debe de ocupar el pensamiento;
              déjenme a mí, que una mojada fría
              pondrá silencio a su vital aliento,
              y no se precipiten desa suerte;
              que yo sé cuándo le he dar la muerte.      2945

---

la falda que traen los estudiantes arrastrando» *(Aut.)*. Aunque *greguesco* es «lo
mismo que calzones» *(Aut.)*, Lope utiliza el término en su valor etimológico
como sinónimo de «griego». Compárese con un empleo que juega con ambos sentidos en Cervantes: «Eso es lo que yo digo, y quisiera que a estos tales los pusieran en una prensa, y a fuerza de vueltas les sacaran el jugo de lo
que saben, porque no anduviesen engañando el mundo con el oropel de sus
gregüescos rotos y sus latines falsos...» *(Coloquio de los perros*, ed. de Juan Bau-
tista Avalle-Arce, *Novelas ejemplares*, III, pág. 270).
2942 Véase nota al v. 2484.

| | |
|---|---|
| FEDERICO. | Paréceme, marqués, que el hombre acierta. |
| | Ya que le sirve, ha comenzado el caso; |
| | no dudéis, matarále. |
| RICARDO. | Cosa es cierta. |
| | Por muerto le contad. |
| FEDERICO. | Hablemos paso. |
| TRISTÁN. | En tanto que esta muerte se concierta,          2950 |
| | vusiñorías, ¿no tendrán acaso |
| | cincuenta escudos? Que comprar querría |
| | un rocín, que volase el mismo día. |
| RICARDO. | Aquí los tengo yo; tomad seguro |
| | de que en saliendo con aquesta empresa   2955 |
| | lo menos es pagaros. |
| TRISTÁN. | Yo aventuro |
| | la vida, que servir buenos profesa. |
| | Con esto, adiós; que no me vean procuro |
| | hablar desde el balcón de la condesa |
| | con vuestras señorías. |
| FEDERICO. | Sois discreto.          2960 |
| TRISTÁN. | Ya lo verán al tiempo del efeto. |
| FEDERICO. | Bravo es el hombre. |
| RICARDO. | Astuto y ingenioso. |
| FEDERICO. | ¡Qué bien le ha de matar! |
| RICARDO. | Notablemente. |

*(Sale* CELIO.*)*

| | |
|---|---|
| CELIO. | ¿Hay caso más extraño y fabuloso? |
| FEDERICO. | ¿Qué es esto, Celio? ¿Dónde vas? De- |
| | [tente.          2965 |

2949 *passo:* «quedo» *(Aut.).*

2955 *salir con:* véase nota a los vv. 1854-1855.

2957 «Que ha hecho profesión de servir a los buenos».

2961 G añade al final del verso: «*(Vase)*».

*al tiempo del efeto:* «cuando se cumplan los hechos».

2962 *y + i* era habitual en la época, aunque, según Covarrubias, se usa la
*e* «con algún primor cuando la dicción que se le sigue empieza en *i*».

2963 La puntuación es de G.

2964 B utiliza la interrogación, mientras M prefiere el signo admirativo.

| | |
|---|---|
| CELIO. | Un suceso notable y riguroso |
| | para los dos. ¿No veis aquella gente |
| | que entra en casa del conde Ludovico? |
| RICARDO. | ¿Es muerto? |
| CELIO. | Que me escuches te suplico. |
| | A darle van el parabién contentos 2970 |
| | de haber hallado un hijo que ha perdido. |
| RICARDO. | Pues ¿qué puede ofender nuestros intentos |
| | que le haya esa ventura sucedido? |
| CELIO. | ¿No importa a los secretos pensamientos |
| | que con Diana habéis los dos tenido, 2975 |
| | que sea aquel Teodoro, su criado, |
| | hijo del conde? |
| FEDERICO. | El alma me has turbado. |
| RICARDO. | ¿Hijo del conde? Pues ¿de qué manera |
| | se ha venido a saber? |
| CELIO. | Es larga historia, |
| | y cuéntanla tan varia, que no hubiera 2980 |
| | para tomarla tiempo ni memoria. |
| FEDERICO. | ¡A quién mayor desdicha sucediera! |
| RICARDO. | Trocóse en pena mi esperada gloria. |
| FEDERICO. | Yo quiero ver lo que es. |
| RICARDO. | Yo, conde, os sigo. |
| CELIO. | Presto veréis que la verdad os digo. 2985 |

*(Váyanse y salga* TEODORO *de camino y* MARCELA.)*

| | |
|---|---|
| MARCELA. | En fin, Teodoro, ¿te vas? |
| TEODORO. | Tú eres causa desta ausencia; |
| | que en desigual competencia |

---

2966 *riguroso:* «vale también cruel y excesivo» *(Aut.).*

2985+ G continúa la acotación: *«(Sala del palacio de la Condesa)».*

*de camino:* con ropas de viaje. El traje de camino solía ser de color y muy llamativo, con adornos, plumas, etc., todo lo contrario del traje austero de la vida urbana. Compárese: «... los vestidos que trae de rúa, para hacellos de camino...» (Cervantes, *El juez de los divorcios,* ed. Eugenio Asensio, Castalia, página 67). Y el mismo Lope, en *Al pasar el arroyo:* «En mi enfermedad / hice una promesa a San Diego, / y así me parto a Alcalá... (Sale don Carlos, galán, de camino... LISARDA. ¡Jesús! ¿Carlos tan galán / a cosas de devoción? / ... / Plumas, colores... ¿qué es esto?» (Ed. Acad. XI, págs. 248-249).

|            | no resulta bien jamás.                   |      |
|------------|------------------------------------------|------|
| MARCELA.   | Disculpas tan falsas das                 | 2990 |
|            | como tu engaño lo ha sido,               |      |
|            | porque haberme aborrecido                |      |
|            | y haber amado a Diana                    |      |
|            | lleva tu esperanza vana                  |      |
|            | sólo a procurar su olvido.               | 2995 |
| TEODORO.   | ¿Yo a Diana?                             |      |
| MARCELA.   | Niegas tarde,                            |      |
|            | Teodoro, el loco deseo                   |      |
|            | con que perdido te veo                   |      |
|            | de atrevido y de cobarde:                |      |
|            | cobarde en que ella se guarde            | 3000 |
|            | el respeto que se debe,                  |      |
|            | y atrevido, pues se atreve               |      |
|            | tu bajeza a su valor;                    |      |
|            | que entre el honor y el amor             |      |
|            | hay muchos montes de nieve.              | 3005 |
|            | Vengada quedo de ti,                     |      |
|            | aunque quedo enamorada,                  |      |
|            | porque olvidaré, vengada,                |      |
|            | que el amor olvida ansí.                 |      |
|            | Si te acordares de mí,                   | 3010 |
|            | imagina que te olvido,                   |      |
|            | porque me quieras; que ha sido           |      |
|            | siempre, porque suele hacer              |      |
|            | que vuelva un hombre a querer,           |      |
|            | pensar que es aborrecido                 | 3015 |
| TEODORO.   | ¡Qué de quimeras tan locas,              |      |
|            | para casarte con Fabio!                  |      |
| MARCELA.   | Tú me casas, que al agravio              |      |
|            | de tu desdén me provocas.                |      |

---

2999-3000 *cobarde:* pusilánime. Y en el v. 3000: «pusilánime por miedo a que ella se respete como debe...»

3011 *imaginar:* pensar.

3012 *porque:* «para que»; la época empleaba de forma regular el primer término, mientras que la práctica actual prefiere el segundo.

3018-3019 «Tú haces que me case, porque tu desdén provoca que intente agraviarte.»

*(Sale* Fabio.)

| | | |
|---|---|---|
| Fabio. | Siendo las horas tan pocas | 3020 |
| | que aquí Teodoro ha de estar, | |
| | bien haces, Marcela, en dar | |
| | ese descanso a tus ojos. | |
| Teodoro. | No te den celos enojos | |
| | que han de pasar tanto mar. | 3025 |
| Fabio. | En fin, ¿te vas? | |
| Teodoro. | ¿No lo ves? | |
| Fabio. | Mi señora viene a verte. | |

*(Sale la condesa,* y Dorotea *y* Anarda.)

| | | |
|---|---|---|
| Diana. | ¡Ya, Teodoro, desta suerte! | |
| Teodoro. | Alas quisiera en los pies, | |
| | cuanto más, señora, espuelas. | 3030 |
| Diana. | ¡Hola! ¿Está esa ropa a punto? | |
| Anarda. | Todo está aprestado y junto. | |
| Fabio. | En fin, ¿se va? | |
| Marcela. | ¿Y tú me celas? | |
| Diana. | Oye aquí aparte. | |
| Teodoro. | Aquí estoy | |
| | a tu servicio. | |

*(Aparte los dos.)*

| | | |
|---|---|---|
| Diana. | Teodoro, | 3035 |
| | tú te partes, yo te adoro. | |
| Teodoro. | Por tus crueldades me voy. | |
| Diana. | Soy quien sabes. ¿Qué he de hacer? | |
| Teodoro. | ¿Lloras? | |
| Diana. | No; que me ha caído | |
| | algo en los ojos. | |

---

3033 G acota tras el nombre de Fabio: *«(Ap. a Marcela)».*
*celar:* encelar, dar celos.
3034 G acota tras el nombre de Diana: *«(A Teodoro)».*
3038 Diana hace profesión de su condición social.

| | | |
|---|---|---|
| TEODORO. | ¿Si ha sido | 3040 |
| | amor? | |
| DIANA. | Sí debe de ser, | |
| | pero mucho antes cayó, | |
| | y agora salir querría. | |
| TEODORO. | Yo me voy, señora mía; | |
| | yo me voy, el alma no. | 3045 |
| | Sin ella tengo de ir, | |
| | no hago al serviros falta, | |
| | porque hermosura tan alta | |
| | con almas se ha de servir. | |
| | ¿Qué me mandáis? Porque yo | 3050 |
| | soy vuestro. | |
| DIANA. | ¡Qué triste día! | |
| TEODORO. | Yo me voy, señora mía; | |
| | yo me voy, el alma no. | |
| DIANA. | ¿Lloras? | |
| TEODORO. | No, que me ha caído | |
| | algo, como a ti, en los ojos. | 3055 |
| DIANA. | Deben de ser mis enojos. | |
| TEODORO. | Eso debe de haber sido. | |
| DIANA. | Mil niñerías te he dado, | |
| | que en un baúl hallarás; | |
| | perdona, no pude más. | 3060 |
| | Si le abrieres, ten cuidado | |
| | de decir, como a despojos | |
| | de vitoria tan tirana: | |
| | «Aquestos puso Diana | |
| | con lágrimas en sus ojos.» | 3065 |
| ANARDA. | Perdidos los dos están. | |
| DOROTEA. | ¡Qué mal se encubre el amor! | |

---

3040 *¿si ha sido...?*: «¿habrá sido...?»

3046 *tener de:* véase nota al v. 2213.

3047 *hago... falta:* «no cometo ninguna falta...».

3060 *no pude más:* «no podía dejar de hacerlo».

3063 *vitoria:* «victoria», con el grupo -*ct*- reducido, como en los vv. 233, 1758 y 1865. Véase nota al v. 233.

3066 G acota tras el nombre: «*(Ap. a Dorotea)*».

| | | |
|---|---|---|
| ANARDA. | Quedarse fuera mejor. | |
| | Manos y prendas se dan. | |
| DOROTEA. | Diana ha venido a ser | 3070 |
| | el perro del hortelano. | |
| ANARDA. | Tarde le toma la mano. | |
| DOROTEA. | O coma o deje comer. | |

*(Sale el conde* LUDOVICO, *y* CAMILO.)

| | | |
|---|---|---|
| LUDOVICO. | Bien puede el regocijo dar licencia, | |
| | Diana ilustre, a un hombre de mis años | 3075 |
| | para entrar desta suerte a visitaros. | |
| DIANA. | Señor conde, ¿qué es esto? | |
| LUDOVICO. | Pues ¿vos sola | |
| | no sabéis lo que sabe toda Nápoles? | |
| | Que en un instante que llegó la nueva, | |
| | apenas me han dejado por las calles, | 3080 |
| | ni he podido llegar a ver mi hijo. | |
| DIANA. | ¿Qué hijo? Que no te entiendo el regocijo. | |
| LUDOVICO. | ¿Nunca vuseñoría de mi historia | |
| | ha tenido noticia, y que ha veinte años | |
| | que enviaba un niño a Malta con su tío, | 3085 |
| | y que le cautivaron las galeras | |
| | de Ali Bajá? | |
| DIANA. | Sospecho que me han dicho | |
| | ese suceso vuestro. | |
| LUDOVICO. | Pues el cielo | |
| | me ha dado a conocer el hijo mío | |
| | después de mil fortunas que ha pasado. | 3090 |
| DIANA. | Con justa causa, conde, me habéis dado | |
| | tan buena nueva. | |
| LUDOVICO. | Vos, señora mía, | |
| | me habéis de dar, en cambio de la nueva, | |
| | el hijo mío, que sirviéndoos vive, | |
| | bien descuidado de que soy su padre. | 3095 |
| | ¡Ay, si viviera su difunta madre! | |

---

3068 Según Kossoff, «Anarda propone quedarse para cohibir a los amantes, lo cual indica que la actuación de galán y dama debe rebosar de sensualidad.»

| | |
|---|---|
| DIANA. | ¿Vuestro hijo me sirve? ¿Es Fabio acaso? |
| LUDOVICO. | No, señora, no es Fabio, que es Teodoro. |
| DIANA. | ¡Teodoro! |
| LUDOVICO. | Sí, señora. |
| TEODORO. | ¿Cómo es esto? |
| DIANA. | Habla, Teodoro, si es tu padre el conde. 3100 |
| LUDOVICO. | Luego, ¿es aquéste? |
| TEODORO. | Señor conde, advierta |
| | vuseñoría... |
| LUDOVICO. | No hay que advertir, hijo, |
| | hijo de mis entrañas, sino sólo |
| | el morir en tus brazos. |
| DIANA. | ¡Caso extraño! |
| ANARDA. | ¡Ay, señora! ¿Teodoro es caballero 3105 |
| | tan principal y de tan alto estado? |
| TEODORO. | Señor, yo estoy sin alma, de turbado. |
| | ¿Hijo soy vuestro? |
| LUDOVICO. | Cuando no tuviera |
| | tanta seguridad, el verte fuera |
| | de todas la mayor. ¡Qué parecido 3110 |
| | a cuando mozo fui! |
| TEODORO. | Los pies te pido, |
| | y te suplico... |
| LUDOVICO. | No me digas nada, |
| | que estoy fuera de mí ¡Qué gallardía! |
| | ¡Dios te bendiga! ¡Qué real presencia! |
| | ¡Qué bien que te escribió naturaleza 3115 |
| | en la cara, Teodoro, la nobleza! |
| | Vamos de aquí; ven luego, luego toma |
| | posesión de mi casa y de mi hacienda; |
| | ven a ver esas puertas coronadas |
| | de las armas más nobles deste reino. 3120 |
| TEODORO. | Señor, yo estaba de partida a España, |
| | y así me importa. |

---

3105 Es B, y no M, la lección que trae el signo interrogativo.
3108 M y B sin interrogación.

LUDOVICO.                              ¿Cómo a España? ¡Bueno!
                      España son mis brazos.
DIANA.                                        Yo os suplico,
                      señor conde, dejéis aquí a Teodoro
                      hasta que se reporte y en buen hábito      3125
                      vaya a reconoceros como hijo;
                      que no quiero que salga de mi casa
                      con aqueste alboroto de la gente.
LUDOVICO.   Habláis, como quien sois, tan cuerdamente.
                      Dejarle siento por un breve instante,      3130
                      mas porque más rumor no se levante
                      me iré, rogando a vuestra señoría
                      que sin mi bien no me anochezca el día.
DIANA.         Palabra os doy.
LUDOVICO.                              Adios, Teodoro mío.
TEODORO.     Mil veces beso vuestros pies.
LUDOVICO.                                        Camilo,         3135
                      venga la muerte agora.
CAMILO.                                        ¡Qué gallardo
                      mancebo que es Teodoro!
LUDOVICO.                                        Pensar poco
                      quiero este bien, por no volverme loco.

*(Váyase el conde y lleguen todos los criados a* TEODORO.*)*

DOROTEA.     Danos a todos las manos.
ANARDA.       Bien puedes, por gran señor.                       3140
DOROTEA.     Hacernos debes favor.
MARCELA.     Los señores que son llanos
                      conquistan las voluntades.
                      Los brazos nos puedes dar.
DIANA.         Apartaos, dadme lugar,                            3145

---

3122 *importar:* «convenir y hacer al caso alguna cosa, ser útil y provecho-
so para algo» *(Aut.).*
3125 *reportar:* «refrenar, reprimir o moderar alguna pasión del ánimo» *(Aut.).*
*hábito:* «el vestido o traje que cada uno trae según su estado» *(Aut.).*
3138 G acota al final del verso: «*(Vanse Ludovico y Camilo)*».
3142 *llano:* «Se toma también por afable, apacible y que no usa de autoridad y gravedad con los otros» *(Aut.).*

|            | no le digáis necedades. |      |
|------------|-------------------------|------|
|            | Déme vuestra señoría    |      |
|            | las manos, señor Teodoro. |    |
| TEODORO.   | Agora esos pies adoro,  |      |
|            | y sois más señora mía.  | 3150 |
| DIANA.     | Salíos todos allá;      |      |
|            | dejadme con él un poco. |      |
| MARCELA.   | ¿Qué dices, Fabio?      |      |
| FABIO.     | Estoy loco.             |      |
| DOROTEA.   | ¿Qué te parece?         |      |
| ANARDA.    | Que ya                  |      |
|            | mi ama no querrá ser    | 3155 |
|            | el perro del hortelano. |      |
| DOROTEA.   | ¿Comerá ya?             |      |
| ANARDA.    | Pues ¿no es llano?      |      |
| DOROTEA.   | Pues reviente de comer. |      |

*(Váyanse los criados.)*

|            |                         |      |
|------------|-------------------------|------|
| DIANA.     | ¿No te vas a España?    |      |
| TEODORO.   | ¿Yo?                    |      |
| DIANA.     | ¿No dice vuseñoría:     | 3160 |
|            | «Yo me voy, señora mía, |      |
|            | yo me voy, el alma no»? |      |
| TEODORO.   | Burlas de ver los favores |    |
|            | de la fortuna.          |      |
| DIANA.     | Haz extremos.           |      |
| TEODORO.   | Con igualdad nos tratemos, | 3165 |
|            | como suelen los señores, |     |
|            | pues todos lo somos ya. |      |
| DIANA.     | Otro me pareces.        |      |
| TEODORO.   | Creo                    |      |

---

3153 G acota: «Marcela. ¿Qué dices, Fabio? *(Ap. a él)*».

3154 G añade tras el nombre de Marcela: «*(Ap. a Anarda)*».

3157 *llano:* «¿no está claro, no es lo lógico?»

3160-3163 G hace interrogativos estos versos que en M y B son simplemente afirmativos.

3164 *hacer extremos:* «vale también hacer demostraciones o expresiones excesivas con algún sujeto por cariño o gusto de verle o tratarle» *(Aut.).*

|          | que estás con menos deseo; |      |
|----------|---------------------------|------|
|          | pena el ser tu igual te da. | 3170 |
|          | Quisiérasme tu criado, |      |
|          | porque es costumbre de amor |      |
|          | querer que sea inferior |      |
|          | lo amado. |      |
| DIANA.   | Estás engañado, |      |
|          | porque agora serás mío | 3175 |
|          | y esta noche he de casarme |      |
|          | contigo. |      |
| TEODORO. | No hay más que darme; |      |
|          | fortuna, tente. |      |
| DIANA.   | Confío |      |
|          | que no ha de haber en el mundo |      |
|          | tan venturosa mujer. | 3180 |
|          | Vete a vestir. |      |
| TEODORO. | Iré a ver |      |
|          | el mayorazgo que hoy fundo, |      |
|          | y este padre que me hallé |      |
|          | sin saber cómo o por dónde. |      |
| DIANA.   | Pues adiós, mi señor conde. | 3185 |
| TEODORO. | Adiós, condesa. |      |
| DIANA.   | Oye. |      |
| TEODORO. | ¿Qué? |      |
| DIANA.   | ¡Qué! Pues ¿cómo a su señora |      |
|          | así responde un criado? |      |
| TEODORO. | Está ya el juego trocado, |      |
|          | y soy yo el señor agora. | 3190 |
| DIANA.   | Sepa que no me ha de dar |      |
|          | más celitos con Marcela, |      |
|          | aunque este golpe le duela. |      |
| TEODORO. | No nos solemos bajar |      |
|          | los señores a querer | 3195 |
|          | las criadas. |      |

---

3191 *sepa:* Diana pasa del tuteo a tratar de usted a Teodoro.
3196 *tener cuenta:* «frase que explica tener advertencia o cuidado de alguna cosa, para que no se caiga en algún inconveniente. O tener atención o reflexión sobre alguna cosa que ha pasado» *(Aut.).* Véase también los vv. 2863-2865.

DIANA.                    Tenga cuenta
con lo que dice.
TEODORO.                         Es afrenta.
DIANA.        Pues ¿quién soy yo?
TEODORO.                              Mi mujer.

*(Váyase.)*

DIANA.        No hay más que desear; tente, fortuna,
como dijo Teodoro, tente, tente.                    3200

*(Salen* FEDERICO *y* RICARDO.*)*

RICARDO.     En tantos regocijos y alborotos,
¿no se da parte a los amigos?
DIANA.                              Tanta
cuanta vuseñorías me pidieren.
FEDERICO.    De ser tan gran señor vuestro criado
os las pedimos.
DIANA.                    Yo pensé, señores,          3205
que las pedís, con que licencia os pido
de ser Teodoro conde y mi marido.

*(Váyase la condesa.)*

RICARDO.     ¿Qué os parece de aquesto?
FEDERICO.                         Estoy sin seso.
RICARDO.     ¡Oh, si le hubiera muerto este picaño!

*(Sale* TRISTÁN.*)*

FEDERICO.    Veisle, aquí viene.

---

3197 Teodoro considera afrenta la advertencia de Diana de los vv. 3190-
3192 sobre Marcela.
3206 *con que:* «por lo que os pido licencia para que Teodoro sea conde y
mi marido».
3209 *picaño:* «pícaro, holgazán, andrajoso y de poca vergüenza» *(Aut.).*

| | |
|---|---|
| TRISTÁN. | Todo está en su punto. 3210 |
| | ¡Brava cosa! ¡Que pueda un lacaífero |
| | ingenio alborotar a toda Nápoles! |
| RICARDO. | Tente, Tristán, o como te apellidas. |
| TRISTÁN. | Mi nombre natural es Quita-vidas. |
| FEDERICO. | ¡Bien se ha echado de ver! |
| TRISTÁN. | Hecho estuviera, 3215 |
| | a no ser conde de hoy acá este muerto. |
| RICARDO. | Pues ¿eso importa? |
| TRISTÁN. | Al tiempo que el concierto |
| | hice por los trecientos solamente, |
| | era para matar, como fue llano, |
| | un Teodoro criado, más no conde. 3220 |
| | Teodoro conde es cosa diferente, |
| | y es menester que el galardón se aumente, |
| | que más costa tendrá matar un conde |
| | que cuatro o seis criados que están muertos, |
| | unos de hambre y otros de esperanzas, 3225 |
| | y no pocos de envidia. |
| FEDERICO. | ¿Cuánto quieres? |
| | ... ¡y mátale esta noche! |
| TRISTÁN. | Mil escudos. |
| RICARDO. | Yo los prometo. |
| TRISTÁN. | Alguna señal quiero. |
| RICARDO. | Esta cadena. |
| TRISTÁN. | Cuenten el dinero. |
| FEDERICO. | Yo voy a prevenillo. |
| TRISTÁN. | Yo a matalle. 3230 |
| | ¿Oyen? |
| RICARDO. | ¿Qué? ¿Quieres más? |
| TRISTÁN. | Todo hombre calle. |

---

3210 G acota tras el nombre de Tristán: «*(Ap.)*».

3211 *lacaífero:* derivación, con fines cómicos, de «lacayo».

3216 *de hoy acá:* «desde hoy».

3218 *trecientos:* véase nota al v. 2469.

3227 G convierte en signo admirativo lo que M y B transcriben como interrogativo.

3230 *prevenillo... matalle:* véase nota al v. 61.

3232 G acota al final: «*(Vanse Ricardo y Federico)*».

*(Váyanse y entre* TEODORO.)

TEODORO.     Desde aquí te he visto hablar
             con aquellos matadores.

TRISTÁN.     Los dos necios son mayores
             que tiene tan gran lugar.         3235
              Esta cadena me han dado,
             mil escudos prometido
             porque hoy te mate.

TEODORO.                        ¿Qué ha sido
             esto que tienes trazado?
              Que estoy temblando, Tristán.     3240

TRISTÁN.     Si me vieras hablar griego,
             me dieras, Teodoro, luego
             más que estos locos me dan.
              ¡Por vida mía, que es cosa
             fácil el greguecizar!          3245
             Ello en fin no es más de hablar;
             mas era cosa donosa
              los nombres que les decía:
             Azteclias, Catiborratos,
             Serpelitonia, Xipatos,         3250
             Atecas, Filimoclía;
              que esto debe de ser griego,
             como ninguno lo entiende,
             y en fin, por griego se vende.

TEODORO.     A mil pensamientos llego     3255
              que me causan gran tristeza,
             pues si se sabe este engaño
             no hay que esperar menos daño
             que cortarme la cabeza.

TRISTÁN.         ¿Agora sales con eso?       3260

---

   3234 Hipérbaton: «Son los dos necios mayores...»

   3245  M, B, G y Kohler: *grecesizar, gregecizar.* Fue Cotarelo quien propuso «greguecizar», aduciendo el valor de *-gue-* para la grafía *-ge-*.

   3250-3251 *Serpelitonia:* Serpalitonia en los vv. 2802 y 2815; *«Atecas»*, *«Xitapos»* y *«Filimoclía»*, no aparecían citados en la historia de Tristán (vv. 2776 y ss.).

| TEODORO. | Demonio debes de ser. | |
| TRISTÁN. | Deja la suerte correr, | |
| | y espera el fin del suceso. | |
| TEODORO. | La condesa viene aquí. | |
| TRISTÁN. | Yo me escondo; no me vea. | 3265 |

*(Sale la condesa.)*

| DIANA. | ¿No eres ido a ver tu padre, | |
| | Teodoro? | |
| TEODORO. | Una grave pena | |
| | me detiene, y finalmente, | |
| | vuelvo a pedirte licencia | |
| | para proseguir mi intento | 3270 |
| | de ir a España. | |
| DIANA. | Si Marcela | |
| | te ha vuelto a tocar al arma, | |
| | muy justa disculpa es ésa. | |
| TEODORO. | ¿Yo, Marcela? | |
| DIANA. | Pues ¿qué tienes? | |
| TEODORO. | No es cosa para ponerla | 3275 |
| | desde mi boca a tu oído. | |
| DIANA. | Habla, Teodoro, aunque sea | |
| | mil veces contra mi honor. | |
| TEODORO. | Tristán, a quien hoy pudiera | |
| | hacer el engaño estatuas, | 3280 |
| | la industria, versos, y Creta | |
| | rendir laberintos, viendo | |
| | mi amor, mi eterna tristeza, | |
| | sabiendo que Ludovico | |
| | perdió un hijo, esta quimera | 3285 |

---

3265 G acota al final: «*(Ocúltase)*».

3266 Véase nota al v. 2621.

3272 *tocar al arma:* «es tocar a prevenirse los soldados y acudir a algún puesto» *(Aut.)*. Diana insinúa presiones de Marcela para que Teodoro siga prendido de sus amores.

3281 *industria:* astucia, que, según Covarrubias «puede ser en buena o mala parte», como aquí es el caso.

3282 *rendir:* «reintegrar o adjudicar a alguno lo que le toca» *(Aut.)*.

ha levantado conmigo,
que soy hijo de la tierra,
y no he conocido padre
más que mi ingenio, mis letras
y mi pluma; el conde cree 3290
que lo soy, y aunque pudiera
ser tu marido, y tener
tanta dicha y tal grandeza,
mi nobleza natural
que te engañe no me deja, 3295
porque soy naturalmente
hombre que verdad profesa.
Con esto, para ir a España
vuelvo a pedirte licencia,
que no quiero yo engañar 3300
tu amor, tu sangre y tus prendas.

DIANA.    Discreto y necio has andado:
discreto en que tu nobleza
me has mostrado en declararte;
necio en pensar que lo sea 3305
en dejarme de casar,
pues he hallado a tu bajeza
el color que yo quería,
que el gusto no está en grandezas,
sino en ajustarse al alma 3310
aquello que se desea.
Yo me he de casar contigo;
y porque Tristán no pueda
decir aqueste secreto,
hoy haré que cuando duerma, 3315

---

3287 *hijo de la tierra:* «se llama al que no tiene padres ni parientes conocidos» *(Aut.)*.

3305-3317 Estos versos hacen un retrato absolutamente realista de Diana, capaz de asumir la mentira y de llegar al asesinato con tal de conseguir lo que quiere: el matrimonio con Teodoro.

3307 *bajeza:* de estado social. Con el engaño urdido por Tristán y el conocimiento de la realidad, Diana mantendría dentro del matrimonio su superioridad sobre Teodoro; de ahí ese «ajustarse al alma» del v. 3310.

|            |                                                      |      |
|------------|------------------------------------------------------|------|
|            | en ese pozo de casa                                  |      |
|            | le sepulten.                                         |      |
| Tristán.   | *(Detrás del paño.)* ¡Guarda afuera!                 |      |
| Diana.     | ¿Quién habla aquí?                                   |      |
| Tristán.   | ¿Quién? Tristán,                                     |      |
|            | que justamente se queja                              |      |
|            | de la ingratitud mayor                               | 3320 |
|            | que de mujeres se cuenta.                            |      |
|            | Pues, siendo yo vuestro gozo,                        |      |
|            | aunque nunca yo lo fuera,                            |      |
|            | ¿en el pozo me arrojáis?                             |      |
| Diana.     | ¿Que lo has oído?                                    |      |
| Tristán.   | No creas                                             | 3325 |
|            | que me pescarás el cuerpo.                           |      |
| Diana.     | Vuelve.                                              |      |
| Tristán.   | ¿Que vuelva?                                         |      |
| Diana.     | Que vuelvas.                                         |      |
|            | Por el donaire te doy                                |      |
|            | palabra de que no tengas                             |      |
|            | mayor amiga en el mundo,                             | 3330 |
|            | pero has de tener secreta                            |      |
|            | esta invención, pues es tuya.                        |      |
| Tristán.   | Si me importa que lo sea,                            |      |
|            | ¿no quieres que calle?                               |      |
| Teodoro.   | Escucha.                                             |      |
|            | ¿Qué gente y qué grita es ésta?                      | 3335 |

*(Salen el conde* Ludovico, Federico, Ricardo, Camilo, Fabio, Anarda, Dorotea, Marcela.)

| Ricardo. | Queremos acompañar |
|          | a vuestro hijo.     |

---

3317 *guarda afuera*: «aviso de peligro» (Correas, *Vocabulario de refranes*).

3325 Cuando *que* inicia una interrogativa «implica normalmente que la pregunta se deduce de una observación anterior» (H. Keniston).

3335 *grita*: «confusión de voces, altas y desentonadas» *(Aut.)*.

3336 G acota tras el nombre: «*(Dentro)*».

FEDERICO.  　　　　　　　La bella
Nápoles está esperando
que salga, junta a la puerta.

LUDOVICO.  Con licencia de Diana　　　　　　3340
una carroza te espera,
Teodoro, y junta, a caballo,
de Nápoles la nobleza.
Ven, hijo, a tu propia casa
tras tantos años de ausencia;　　　　　　3345
verás adonde naciste.

DIANA.  Antes que salga y la vea,
quiero, conde, que sepáis
que soy su mujer.

LUDOVICO.  　　　　　　　　Detenga
la fortuna, en tanto bien,　　　　　　3350
con clavo de oro la rueda.
Dos hijos saco de aquí,
si vine por uno.

FEDERICO.  　　　　　　　　Llega,
Ricardo, y da el parabién.

RICARDO.  Darle, señores, pudiera　　　　　　3355
de la vida de Teodoro;
que celos de la condesa
me hicieron que a este cobarde
diera, sin esta cadena,
por matarle mil escudos.　　　　　　3360
Haced que luego le prendan,
que es encubierto ladrón.

TEODORO.  Eso no, que no profesa

---

3337　G acota tras el nombre de Federico: *«(A Ludovico)»*.
3340　Nueva acotación de G tras el nombre del personaje: *«(A Teodoro)»*.
3342　*junta:* reunida.
3349-3351　*echar un clavo a la rueda de la Fortuna:* «vale lo propio que asegurarla para que no vuelva atrás; lo que suele hacer el hombre cuerdo a quien sopla favorable el viento de las felicidades, que, conociendo lo voluble de las cosas mundanas, procura establecer lo mejor que puede su estado, con alianzas y medios para su conservación» *(Aut.)*.
3358　G acota al final: *«(Por Tristán)»*.
3359, 3369　*sin:* «además de».

|           |                               |      |
|-----------|-------------------------------|------|
|           | ser ladrón quien a su amo     |      |
|           | defiende.                     |      |
| RICARDO.  | ¿No? Pues ¿quién era          | 3365 |
|           | este valiente fingido?        |      |
| TEODORO.  | Mi criado; y porque tenga     |      |
|           | premio el defender mi vida,   |      |
|           | sin otras secretas deudas,    |      |
|           | con licencia de Diana,        | 3370 |
|           | le caso con Dorotea,          |      |
|           | pues que ya su señoría        |      |
|           | casó con Fabio a Marcela.     |      |
| RICARDO.  | Yo doto a Marcela.            |      |
| FEDERICO. | Y yo                          |      |
|           | a Dorotea.                    |      |
| LUDOVICO. | Bien queda,                   | 3375 |
|           | para mí, con hijo y casa,     |      |
|           | el dote de la condesa.        |      |
| TEODORO.  | Con esto, senado noble,       |      |
|           | que a nadie digáis se os ruega|      |
|           | el secreto de Teodoro,        | 3380 |
|           | dando, con licencia vuestra,  |      |
|           | del *Perro del hortelano*     |      |
|           | fin la famosa comedia.        |      |

---

3377 *el dote:* véase nota al v. 2052.

3378 *senado:* «por extensión se toma por cualquier junta o concurrencia de personas graves, respetables y circunspectas» *(Aut.)*. En teatro, era la fórmula usual para dirigirse al público al acabar la representación, pidiendo su benevolencia.

183

# Colección Letras Hispánicas

ÚLTIMOS TÍTULOS PUBLICADOS

544 *Eva sin manzana. La señorita. Mi querida señorita. El nido,* JAIME DE ARMIÑÁN.
    Edición de Catalina Buezo.
545 *Abdul Bashur, soñador de navíos,* ÁLVARO MUTIS.
    Edición de Claudio Canaparo.
546 *La familia de León Roch,* BENITO PÉREZ GALDÓS.
    Edición de Íñigo Sánchez Llama.
547 *Cuentos fantásticos modernistas de Hispanoamérica.*
    Edición de Dolores Phillipps-López.
548 *Terror y miseria en el primer franquismo,* JOSÉ SANCHIS SINISTERRA.
    Edición de Milagros Sánchez Arnosi.
549 *Fábulas del tiempo amargo y otros relatos,* MARÍA TERESA LEÓN.
    Edición de Gregorio Torres Nebrera.
550 *Última fe (Antología poética, 1965-1999),* ANTONIO MARTÍNEZ SARRIÓN.
    Edición de Ángel L. Prieto de Paula.
551 *Poesía colonial hispanoamericana.*
    Edición de Mercedes Serna.
552 *Biografía incompleta. Biografía cotinuada,* GERARDO DIEGO.
    Edición de Francisco Javier Díez de Revenga.
553 *Siete lunas y siete serpientes,* DEMETRIO AGUILERA-MALTA.
    Edición de Carlos E. Abad.
554 *Antología poética,* CRISTÓBAL DE CASTILLEJO.
    Edición de Rogelio Reyes Cano.
555 *La incógnita. Realidad,* BENITO PÉREZ GALDÓS.
    Edición de Francisco Caudet.
556 *Ensayos y crónicas,* JOSÉ MARTÍ.
    Edición de José Olivio Jiménez.
557 *Recuento de invenciones,* ANTONIO PEREIRA.
    Edición de José Carlos González Boixo.
558 *Don Julián,* JUAN GOYTISOLO.
    Edición de Linda Gould Levine
    (2.ª ed.).
559 *Obra poética completa (1943-2003),* RAFAEL MORALES.
    Edición de José Paulino Ayuso.

560 *Beltenebros*, ANTONIO MUÑOZ MOLINA.
      Edición de José Payá Beltrán (2.ª ed.).
561 *Teatro breve entre dos siglos (Antología)*.
      Edición de Virtudes Serrano.
562 *Las bizarrías de Belisa*, LOPE DE VEGA.
      Edición de Enrique García Santo-Tomás.
563 *Memorias de un solterón*, EMILIA PARDO BAZÁN.
      Edición de M.ª Ángeles Ayala.
564 *El gesticulador*, RODOLFO USIGLI.
      Edición de Daniel Meyran.
565 *En la luz respirada*, ANTONIO COLINAS.
      Edición de José Enrique Martínez Fernández.
566 *Balún Canán*, ROSARIO CASTELLANOS.
      Edición de Dora Sales.
567 *Capítulos que se le olvidaron a Cervantes*, JUAN MONTALVO.
      Edición de Ángel Esteban.
568 *Diálogos o Coloquios*, PEDRO MEJÍA.
      Edición de Antonio Castro Díaz.
569 *Los premios*, JULIO CORTÁZAR.
      Edición de Javier García Méndez.
570 *Antología de cuentos*, JOSÉ JIMÉNEZ LOZANO.
      Edición de Amparo Medina-Bocos.
571 *Apuntaciones sueltas de Inglaterra*, LEANDRO FERNÁNDEZ DE
      MORATÍN.
      Edición de Ana Rodríguez Fischer.
572 *Ederra. Cierra bien la puerta*, IGNACIO AMESTOY.
      Edición de Eduardo Pérez-Rasilla.
573 *Entremesistas y entremeses barrocos*.
      Edición de Celsa Carmen García Valdés.
574 *Antología del Género Chico*.
      Edición de Alberto Romero Ferrer.
575 *Antología del cuento español del siglo XVIII*.
      Edición de Marieta Cantos Casenave.
576 *La celosa de sí misma*, TIRSO DE MOLINA.
      Edición de Gregorio Torres Nebrera.
577 *Numancia destruida*, IGNACIO LÓPEZ DE AYALA.
      Edición de Russell P. Shebold.
578 *Cornelia Bororquia o La víctima de la Inquisición*, LUIS GUTIÉRREZ.
      Edición de Gérard Dufour.
579 *Mojigangas dramáticas (siglos XVII y XVIII)*.
      Edición de Catalina Buezo.

580 *La vida difícil,* ANDRÉS CARRANQUE DE RÍOS.
   Edición de Blanca Bravo.
581 *El pisito. Novela de amor e inquilinato,* RAFAEL AZCONA.
   Edición de Juan A. Ríos Carratalá (2.ª ed.).
582 *En torno al casticismo,* MIGUEL DE UNAMUNO.
   Edición de Jean-Claude Rabaté.
583 *Textos poéticos (1929-2005),* JOSÉ ANTONIO MUÑOZ ROJAS.
   Edición de Rafael Ballesteros, Julio Neira y Francisco Ruiz
   Noguera.
584 *Ubú president o Los últimos días de Pompeya. La increíble historia
   del Dr. Floit & Mr. Pla. Daaalí,* ALBERT BOADELLA.
   Edición de Milagros Sánchez Arnosi (2.ª ed.).
585 *Arte nuevo de hacer comedias,* LOPE DE VEGA.
   Edición de Enrique García Santo-Tomás (2.ª ed.).
586 *Anticípolis,* LUIS DE OTEYZA.
   Edición de Beatriz Barrantes Martín.
587 *Cuadros de amor y humor, al fresco,* JOSÉ LUIS ALONSO DE
   SANTOS.
   Edición de Francisco Gutiérrez Carbajo.
588 *Primera parte de Flores de poetas ilustres de España,* PEDRO
   ESPINOSA.
   Edición de Inoria Pepe Sarno y José María Reyes Cano.
589 *Arquitecturas de la memoria,* JOAN MARGARIT.
   Edición bilingüe de José Luis Morante.
590 *Cuentos fantásticos en la España del Realismo.*
   Edición de Juan Molina Porras.
591 *Bárbara. Casandra. Celia en los infiernos,* BENITO PÉREZ
   GALDÓS.
   Edición de Rosa Amor del Olmo.
592 *La Generación de 1936. Antología poética.*
   Edición de Francisco Ruiz Soriano.
593 *Cuentos,* MANUEL GUTIÉRREZ NÁJERA.
   Edición de José María Martínez.
594 *Poesía. De sobremesa,* JOSÉ ASUNCIÓN SILVA.
   Edición de Remedios Maraix.
595 *El recurso del método,* ALEJO CARPENTIER.
   Edición de Salvador Arias.
596 *La Edad de Oro y otros relatos,* JOSÉ MARTÍ.
   Edición de Ángel Esteban.
597 *Poesía. 1979-1996,* LUIS ALBERTO DE CUENCA.
   Edición de Juan José Lanz.

598 *Narraciones,* GUSTAVO ADOLFO BÉCQUER.
     Edición de Pascual Izquierdo.
599 *Artículos literarios en la prensa (1975-2005).*
     Edición de Francisco Gutiérrez Carbajo y José Luis Martín
     Nogales.
600 *El libro de la fiebre,* CARMEN MARTÍN GAITE.
     Edición de Maria Vittoria Calvi.
601 *Morriña,* EMILIA PARDO BAZÁN.
     Edición de Ermitas Penas Varela.
602 *Antología de prosa lírica,* JUAN RAMÓN JIMÉNEZ.
     Edición de M.ª Ángeles Sanz Manzano.
603 *Laurel de Apolo,* LOPE DE VEGA.
     Edición de Antonio Careño.
604 *Poesía española [Antologías],* GERARDO DIEGO.
     Edición de José Teruel
605 *Las Casas: el Obispo de Dios (La Audiencia de los Confines. Crónica
     en tres andanzas),* MIGUEL ÁNGEL ASTURIAS.
     Edición de José María Vallejo García-Hevia.
606 *Teatro completo (La petimetra, Lucrecia, Hormesinda, Guzmán el
     Bueno),* NICOLÁS FERNÁNDEZ DE MORATÍN.
     Edición de Jesús Pérez Magallón.
607 *Largo noviembre de Madrid. La tierra será un paraíso. Capital
     de la gloria,* JUAN EDUARDO ZÚÑIGA.
     Edición de Israel Prados.
608 *La Dragontea,* LOPE DE VEGA.
     Edición de Antonio Sánchez Jiménez.
609 *Segunda parte de la vida del pícaro Guzmán de Alfarache.*
     Edición de David Mañero Lozano.
610 *Episodios nacionales (Quinta serie),* BENITO PÉREZ
     GALDÓS.
     Edición de Francisco Caudet.
611 *Antología en defensa de la lengua y la literatura españolas (Siglos XVI
     y XVII),* VV.AA.
     Edición de Encarnación García Dini.
612 *El delincuente honrado,* GASPAR MELCHOR DE JOVELLANOS.
     Edición de Russell P. Sebold.
613 *La cuna y la sepultura. Doctrina moral,* FRANCISCO DE QUEVEDO
     Y VILLEGAS.
     Edición de Celsa Carmen García Valdés.
614 *La hija de Celestina,* ALONSO JERÓNIMO DE SALAS BARBADILLO.
     Edición de Enrique García Santo-Tomás.

615 *Antología rota,* LEÓN FELIPE.
   Edición de Miguel Galindo.
616 *El mundo alucinante (Una novela de aventuras),* REINALDO
   ARENAS.
   Edición de Enrico Mario Santí.
617 *El condenado por desconfiado,* ATRIBUIDO A TIRSO DE MOLINA.
   *La Ninfa del cielo,* LUIS VÉLEZ.
   Edición de Alfredo Rodríguez López-Vázquez.
618 *Rimas humanas y divinas del licenciado Tomé de Burguillos,*
   LOPE DE VEGA.
   Edición de Macarena Cuiñas Gómez.
619 *Tan largo me lo fiáis. Deste agua no beberé,* ANDRÉS DE
   CLARAMONTE.
   Edición de Alfredo Rodríguez López-Vázquez.
620 *Amar después de la muerte,* PEDRO CALDERÓN DE LA BARCA.
   Edición de Erik Coenen.
621 *Veinte poemas de amor y una canción desesperada,* PABLO NERUDA.
   Edición de Gabriele Morelli (2.ª ed.).
622 *Tres elegías jubilares,* JUAN JOSÉ DOMENCHINA.
   Edición de Amelia de Paz.
623 *Poesía de la primera generación de posguerra.*
   Edición de Santiago Fortuño Llorens.
624 *La poética o reglas de la poesía en general, y de sus principales especies,*
   IGNACIO DE LUZÁN.
   Edición de Russell P. Sebold.
625 *Rayuela,* JULIO CORTÁZAR.
   Edición de Andrés Amorós (21.ª ed.).
626 *Cuentos fríos. El que vino a salvarme,* VIRGILIO PIÑERA.
   Edición de Vicente Cervera y Mercedes Serna.
627 *Tristana,* BENITO PÉREZ GALDÓS.
   Edición de Isabel Gonzálvez y Gabriel Sevilla.
628 *Romanticismo,* MANUEL LONGARES.
   Edición de Juan Carlos Peinado.
629 *La tarde y otros poemas,* JUAN REJANO.
   Edición de Teresa Hernández.
630 *Poesía completa,* JUAN DE ARGUIJO.
   Edición de Oriol Miró Martí.
631 *Cómo se hace una novela,* MIGUEL DE UNAMUNO.
   Edición de Teresa Gómez Trueba.
632 *Don Gil de las calzas verdes,* TIRSO DE MOLINA.
   Edición de Enrique García Santo-Tomás.

633 *Tragicomedia de Lisandro y Roselia*, SANCHO DE MUÑÓN.
   Edición de Rosa Navarro Durán.
634 *Antología poética (1949-1995)*, ÁNGEL CRESPO.
   Edición de José Francisco Ruiz Casanova.
635 *Macías. No más mostrador*, MARIANO JOSÉ DE LARRA.
   Edición de Gregorio Torres Nebrera.
636 *La detonación*, ANTONIO BUERO VALLEJO.
   Edición de Virtudes Serrano.
637 *Declaración de un vencido*, ALEJANDRO SAWA.
   Edición de Francisco Gutiérrez Carbajo.
638 *Ídolos rotos*, MANUEL DÍAZ RODRÍGUEZ.
   Edición de Almudena Mejías Alonso.
639 *Neptuno alegórico*, SOR JUANA INÉS DE LA CRUZ.
   Edición de Vincent Martin y Electa Arenal.
640 *Traidor, inconfeso y mártir*, JOSÉ ZORRILLA.
   Edición de Ricardo Senabre (10.ª ed.).
641 *Arde el mar*, PERE GIMFERRER.
   Edición de Jordi Gracia (3.ª ed.).
642 *Las palabras del regreso*, MARÍA ZAMBRANO.
   Edición de Mercedes Gómez Blesa.
643 *Luna de lobos*, JULIO LLAMAZARES.
   Edición de Miguel Tomás-Valiente.
644 *La conquista de Jerusalén por Godofre de Bullón*,
   ATRIBUIDA A MIGUEL DE CERVANTES.
   Edición de Héctor Brioso Santos.
645 *La luz en las palabras. Antología poética*, ANÍBAL NÚÑEZ.
   Edición de Vicente Vives Pérez.
646 *Teatro medieval*.
   Edición de Miguel Ángel Pérez Priego.
647 *Libro de las virtuosas e claras mugeres*, ÁLVARO DE LUNA.
   Edición de Julio Vélez-Sainz.
648 *Tres tristes tigres*, GUILLERMO CABRERA INFANTE.
   Edición de Nivia Montenegro y Enrico Mario Santí.
649 *La Estrella de Sevilla. El gran rey de los desiertos*, ANDRÉS DE
   CLARAMONTE.
   Edición de Alfredo Rodríguez López-Vázquez.
650 *La música que llevaba (Antología poética)*, JOSÉ MORENO
   VILLA.
   Edición de Juan Cano Ballesta.
651 *Las bicicletas son para el verano*, FERNANDO FERNÁN GÓMEZ.
   Edición de Francisco Gutiérrez Carbajo.

652 *Los empeños de una casa. Amor es más laberinto*, SOR JUANA INÉS DE LA CRUZ.
Edición de Celsa Carmen García Valdés.

653 *Mesteres*, ARCADIO LÓPEZ-CASANOVA.
Edición bilingüe de Xesús Rábade Paredes.

654 *Teatro original completo*, TOMÁS DE IRIARTE.
Edición de Russell P. Sebold.

655 *El año del wólfram*, RAÚL GUERRA GARRIDO.
Edición de José Ángel Ascunce.

656 *Isidro*, LOPE DE VEGA.
Edición de Antonio Sánchez Jiménez.

657 *La busca*, PÍO BAROJA.
Edición de Juan M.ª Marín Martínez.

658 *Fábula de Polifemo y Galatea*, LUIS DE GÓNGORA.
Edición de Jesús Ponce Cárdenas.

659 *Espejo de paciencia*, SILVESTRE DE BALBOA.
Edición de Raúl Marrero-Fente.

660 *Novelas cortas de siglo XVII.*
Edición de Rafael Bonilla Cerezo.

661 *Obra crítica (1888-1908)*, EMILIA PARDO BAZÁN.
Edición de Íñigo Sánchez Llama.

662 *La prudencia en la mujer*, TIRSO DE MOLINA.
Edición de Gregorio Torres Nebrera.

663 *Mala hierba*, PÍO BAROJA.
Edición de Juan M.ª Marín Martínez.

664 *El pozo de Yocci y otros relatos*, JUANA MANUELA GORRITI.
Edición de Leonor Fleming.

665 *Si te dicen que caí*, JUAN MARSÉ.
Edición de Ana Rodríguez Fischer y Marcelino Jiménez León.

667 *La casa encendida. Rimas. El contenido del corazón*, LUIS ROSALES.
Edición de Noemí Montetes-Mairal y Laburta.

668 *El mundo de Juan Lobón*, LUIS BERENGUER.
Edición de Ana Sofía Pérez-Bustamante Mourier.

670 *Los cachorros*, MARIO VARGAS LLOSA.
Edición de Guadalupe Fernández Ariza.

DE PRÓXIMA APARICIÓN

*Pastores de Belén*, LOPE DE VEGA.
Edición de Antonio Carreño.